洋眼看中国

*A Chant with the
Ancients in the Moonlight
over Chang'an*

古来长安一片月

〔日〕奥野信太郎 著

王新民 孙 昊 译

上海三联书店

图书在版编目（CIP）数据

古来长安一片月 /〔日〕奥野信太郎著；王新民，
孙昊译 . —上海：上海三联书店，2020.9
（洋眼看中国）
ISBN 978-7-5426-7097-7

Ⅰ.①古… Ⅱ.①奥… ②王… ③孙… Ⅲ.①散文集
—日本—现代 Ⅳ.① I313.65

中国版本图书馆 CIP 数据核字（2020）第 115536 号

古来长安一片月

著　　　者 /	〔日〕奥野信太郎
译　　　者 /	王新民　孙　昊
责任编辑 /	程　力
特约编辑 /	蔡时真
装帧设计 /	鹏飞艺术　周　丹
监　　　制 /	姚　军
出版发行 /	上海三联书店

（200030）中国上海市漕溪北路 331 号 A 座 6 楼

印　　　刷 /	北京天恒嘉业印刷有限公司
版　　　次 /	2020 年 9 月第 1 版
印　　　次 /	2020 年 9 月第 1 次印刷
开　　　本 /	640×960　1/16
字　　　数 /	116 千字
印　　　张 /	13.5

ISBN 978-7-5426-7097-7/I · 1643

定　价：46.00 元

奥野信太郎

追忆文化学院时期[①]的奥野先生

（代序一）

石田彩[②]

　　当时，我正准备外出，就在伸手去关电视机的时候，突然看到电视屏幕上奥野先生那熟悉的面孔，随之传来的是他那亲切悦耳的声音。于是，我不由得在椅子上坐了下来，凝视着电视上那一行行漂亮的汉诗，听着他娓娓动听的解说。我深深地被先生那充满诗意的声音吸引，就如同当年坐在教室里听先生讲课一样，心情十分激动。就这样，我连准备外出的大衣都没有脱，一直坐到先生的电视节目结束。这一课，先生讲的是李白与杜甫的诗。

　　不久后，在一月十日的文化学院同窗会上，我见到了先生的长女阿檀，对她说了自己看先生节目时的激动心情。当时，同窗会正在策划为母校举行义卖募捐活动。义卖活动是由与谢野宽[③]、晶子

---

①　1925年奥野从庆应义塾大学文学部毕业后，曾经在文化学院教授中国文学课程。

②　石田彩（1908—1988）：女，日本昭和时期教育家，文化学院的创始人西村伊作的长女。1931年成为母校文化学院的教授，1963年接替父亲担任文化学院院长。

③　与谢野宽（1873—1935）：号铁干，后世常称他与谢野铁干。日本京都人，浪漫主义诗歌"明星派"的代表诗人，其妻与谢野晶子（凤晶子）亦是著名诗人。

先生发起的，柏亭、生马、纪元、得三郎等画家都为义卖会写了诗笺或彩纸条幅。有人提议："也请奥野先生写些彩纸条幅吧。"阿檀听后，大包大揽地说"没问题"，主动承担了回去与父亲交涉的任务。

可是，谁也没想到，就在那之后的第五天，先生就在工作的时候突发疾病去世了。那是1968年的事情。

"彩纸的条幅写不成了。"葬礼那天，我在寺庙里听完僧侣的诵经，给先生的灵位上过香，问候死者遗属时，身穿丧服的阿檀轻声对我说了这么一句。

我第一次在文化学院见到奥野先生，是在关东大地震①之后，学校开设文学部与美术部。推算起来，应该是1925年春的某一天吧。当时，是与谢野宽先生领他来的。我们学校这边的老师几乎都知道他，免不了会窃窃私语道：他不就是庆应大学毕业的才子么？那天，先生身穿质地很高级的黑色的绸缎和服，走起路来，和服的裙摆发出"簌簌"的声响。他的这种气派，在我们文化学院学生的眼里，不啻于古代翩然潇洒的男子形象。他步履稳健地走进当时的木质结构的教员室——当然，这些木质结构的校舍如今再也见不到了。巧的是，当时我正在教员室里。我读书时，感到教员室就像自己的家一样亲切，特别喜欢去那里玩。不用说，奥野先生的面相与发型都给我留下了深刻的印象。我觉得，自那之后，多少年来，先生的样子就似乎没什么变化。那时，先生应该是大学刚刚毕业吧。可是有一次，一个中学部的女生见到先生，随口就问道："先生，您

---

① 关东大地震：1923年9月1日，以日本的南关东地区为中心发生了强烈的地震，给关东地区带来了极大的灾难。

2

今年多大岁数？ 50 岁？"听到女生的自问自答，先生不禁一愣。不过，在我们学生的眼里，先生就是这么老成的一个人。当时，在学校里穿和服上课的老师，除了奥野先生，好像还有辅导俳句的高浜虚子①先生，再就是那位因为《文化学院读本》选用他写的一篇文章②，而亲自前来给学生讲课的有岛武郎③先生——当然，那都是关东大地震之前的事情了。

大概是在两三周前吧，不知怎么的，我居然找出了先生年轻时身穿绸缎和服的珍贵相片。那时正值 1971 年是文化学院建院 50 周年庆典，我在整理学院历史资料的时候发现的。那无疑是先生 1925 年来文化学院任教之后的照片，相片上先生果真很年轻，但是，他脸上那独特而又神秘的神情，的确就如当初那位少女所问的"先生今年 50 岁"。

我们学生曾经给先生起过一个绰号，叫"变色龙"。一点儿也不错，先生的脸型与我们中学时所用的动物学教科书上的插图"变色龙"的样子特别像。他那瞪得圆圆的眼睛、薄薄的嘴唇，都非常有特色。他那直勾勾的眼神，讲起中国的鬼怪故事，或是三游亭圆朝的《牡丹灯笼》④等鬼怪故事来，简直就吓得人连大气都不敢出。

---

① 高浜虚子（1874—1959）：本名高浜清，活跃在日本明治、大正与昭和三个朝代的俳句诗人、小说家。
② 这篇文章的题目叫《与生俱来的烦恼》。
③ 有岛武郎（1878—1923）：日本著名的小说家。
④ 《牡丹灯笼》：原是从中国传到日本的一个怪谈故事。到了江户时代末期，怪谈高手三游亭圆朝综合当时流传的各种《牡丹灯笼》故事版本，将其改编成了《怪谈牡丹灯笼》，一时大兴，遂成为日本与《四谷怪谈》《真景累之渊》齐名的"三大鬼话"之一。

"葡萄美酒夜光杯"，我不由得又想起了当年我们在文学部的教室里，听先生抑扬顿挫地讲授中国古典诗词的情形。课堂上，先生娓娓道来，那些泊来的葡萄酒、玻璃杯，还有西域美妙的风情，无疑给我们这帮没有见过世面的青少年插上了梦想的翅膀。

　　升入文化学院的美术科之后，我的同学当中有个名叫山川美那子的，是全年级最漂亮的女生。大学毕业后不久，就与她家的世交、立志要做小说家的丸冈明①结了婚。据说，奥野先生与丸冈明、佐藤春夫都是好朋友。尤其是战后，美那子夫人总是把奥野先生挂在嘴边上，动辄"奥野先生如何如何"的。

　　奥野先生每次见到这些他当年的学生——如今已经被岁月磨蚀成老太婆的我们，总是笑眯眯地盯着我们看一会儿，然后诙谐地对漂亮的丸冈明夫人道："美那子一点儿也看不出年纪，是不是妖怪变的啊？"与奥野先生相处的那些美好时光，令我至今难以忘怀。喜欢美酒，更喜欢美女的先生那容光焕发的脸庞，还有那迷离的眼神，都让我记忆犹新。

---

① 丸冈明（1907—1968）：日本小说家。

奥野先生的《古来长安一片月》
（代序二）

大江良太郎[1]

　　花柳章太郎[2]特别喜欢收藏带作者签名的剧本。他总爱给剧本包一个印有漂亮图案的和纸封面，然后再请作者亲笔签名。这简直就成了他的一个癖好——不，或者说是一种爱好才更恰当吧。由此我们可以看出，花柳是一位始终保持着文学热情的人。他将明治四十年（1907）以来自己读过的印象深刻的小说和剧本都一一记录在案，以备日后查考。我们将他的这些备忘录称为"花柳家的宝贝"。在他的备忘录中，就有大正四年（1915）7月《中央公论》夏季增刊所刊载的森鸥外的小说《鱼玄机》的名字。

　　自从"新生派"[3]形成之后，我们曾经几次说到过《鱼玄机》这

① 大江良太郎（1901—1974）：日本昭和时期的剧评家、演出家。毕业于庆应义塾大学。早在大学时期，就在小山内薰的指导下成立"演出研究会"，发表剧评文章等。
② 花柳章太郎（1894—1965）：本名青山章太郎，艺名章鱼、柳花洞，是日本活跃于昭和时期的新派男扮女装的名演员。日本艺术院会成员，日本国宝级人物。
③ "新生派"：日本自1888年开始出现的一个演剧派别。它以明治时期出现的"壮士戏剧""书生戏剧"为基础，创作成有别于传统歌舞伎的一种新的现代剧形式。相对于"旧派"的歌舞伎，而称之为"新派"。

部小说作品。可当时正值中日战争，也就不了了之。

战争结束后，花柳在翻阅他那"宝贝"时，又旧事重提，打算把小说《鱼玄机》搬上戏剧舞台。但是，让谁来写这个剧本呢？大伙一时众说纷纭，拿不定主意，便去请教久保田万太郎①先生。没想到，听完我们的想法，久保田先生竟脱口而出，道："除了奥野君还能有谁？"

是啊！不是有个奥野信太郎嘛！真是灯下黑啊！我为自己的疏忽无地自容。于是，我马上就给奥野先生打电话，约见面的时间，并讲了我们的意愿。奥野在电话那头犹豫了一下，很慎重地回答道："请容我考虑一天。"他的这种踌躇是有道理的。因为森鸥外所写的这个故事，笔致极其简洁，而故事情节又十分平淡。如何才能将其改变成波澜起伏的戏剧剧本，确实是需要深思熟虑的。

我在聆听久保田先生雅教的时候，正值"关东大地震"期间。当时，久保田先生在母校庆应义塾大学给文科的学生讲授作文课程。我是个"戏迷"，入学之初就加入了"庆应戏剧研究会"。虽说我师从小山内薰②和久保田万太郎两位先生，可毕竟不是文学部的学生，所以，至多也就能偷偷地逃课去听小山内先生的课外讲座"世界演剧史"或是久保田先生的"默阿弥③研究"等课程。

---

① 久保田万太郎（1889—1963）：日本大正至昭和时期的俳句诗人、小说家、剧作家。出生于东京，毕业于庆应义塾大学。早年在《三田文学》上发表过小说《朝颜》和戏曲作品《游戏》等。
② 小山内薰（1881—1928）：日本明治至大正时期的剧作家、演出家、批评家。
③ 默阿弥：即河竹默阿弥（1816—1893）：日本江户幕府末期至明治时期的歌舞伎、狂言剧本作者。本姓吉村，别名古河默阿弥。

也许是缘分使然，自从久保田先生位于三筋町的住宅被焚毁，迁居到日暮里筑波台的新居之后，就给了我经常往他家跑的机会。平时，我都是在一楼的客厅里与先生的长子耕一君玩积木游戏，等待先生下楼来。可有一天，我不知怎么就去了先生二楼的书房。当时，先生正在批改学生们作文，他放下手中的笔与我聊了起来。在谈话的过程中，他也没有忘记夸奖我的前辈——奥野的学识。

　　先生所夸奖的"奥野的学识"，主要是指他在中国文学方面的造诣。当我知道这个情况后，自然就一心一意要把《鱼玄机》剧本的创作交给奥野前辈了。

　　大概过了两三天，奥野先生给我回信，答应了我们提出的要求。听到这个消息，我的心里别提有多高兴了。而且，他写剧本的速度也很快，没用多久，剧本的初稿就写成了。我拿到手一看，他将小说《鱼玄机》的篇名改名成了《古来长安一片月》。经过紧张的排练，于1953年3月在新桥演艺场举行了首场公演仪式。

　　当时这部戏的演员情况是这样的：鱼玄机由花柳扮演，陈某由伊志井扮演，温庭筠由大矢扮演，梨德由藤村扮演，妓院老鸨由英扮演，绿翘由森赫子扮演。场次是这样安排的：第一场的场景是温庭筠的书房。这是个引子。在温庭筠的书房里，财主梨德得知了诗才出众的漂亮妓女鱼玄机的情况。第二场的场景是长安平康坊鱼玄机的房间。描写的是妓院的生活场景，梨家的侍女前来迎接鱼玄机。第三场的场景是长安城外梨德的豪华住宅。经过再三考虑，鱼玄机害怕自己人老珠黄后遭到遗弃，便没有听从梨家侍女的劝告，决定进入道观做道姑。第四场的场景是咸宜观的会客室。成为咸宜观道姑的鱼玄机，偶遇慕名前来求取诗笺的男乐师陈某，再度萌发春心。第五场的场景是鱼玄机的卧室。她亲耳听到自己爱着的陈某在与丫鬟绿翘谈婚论嫁，不由得妒火中烧。她疯了似的将丫鬟拖到院子里，双手紧紧地掐住了绿翘的脖颈。第六场的场景是咸宜观门前的大街上。戴着刑具的鱼玄机被一路押解，梨德默默目送她渐行渐远的身影……至此，全剧落下了帷幕。

奥野先生将《鱼玄机》改编成《古来长安一片月》，令我铭感最深的，莫过于他能将森鸥外冰雪般冷酷透明的小说作品融解开来，变成有血有肉的舞台演出的剧本。他一反森鸥外的创作手法，极力回避了原作者对心理活动的描写。我心里的一块石头也终于落了地——我一直担心他会将这个剧本改写成一个梦幻般的作品呢。没想到，奥野先生在创作的过程中，竟如此巧妙地表现出了一个美貌、聪明且诗情横溢的妓女在肉体与精神两个方面的成长与变化，从而成就了一部趣味盎然的戏剧作品。我相信，奥野先生在这部戏剧上的成功，一方面得益于他深厚的中国戏剧的底蕴，另一方面也在于他十分尊重日本近代戏剧的特点。

在剧本中，奥野先生设置了妓院的老鸨、妓女和两个女道士等滑稽可笑的角色，让她们用台词来推进戏剧情节的发展。在这一点上，除了深谙中国京剧之道的奥野，其他人恐怕做不到。

我还记得，当时由于演出气氛过于热烈，出演鱼玄机的花柳演了两天就吃不消了，高烧不退而被迫换人。我们就只好请水谷八重子①登台，才保证了演出的继续。

---

① 水谷八重子（1905—1979）：日本大正至昭和时期的话剧、新派剧女演员。作为战后新派剧的"台柱子"，受到日本戏剧界的普遍重视。

目　录

古都芳草

要是遇上妻子去世这样的事情，会是一种什么样的心情呢？不同的人感受也是不一样的吧。这对于我来说，就好像是遇上了突发的交通事故，一下子失去了胳膊和腿，突然陷入了生活不能自理的残疾人的悲惨境遇。

还记得"二二六事件"①发生的时候，我住在麻布市兵卫街的丹波谷，与叛军部队在赤坂一带的驻地几乎隔街相望，没有任何屏障可言。当时，我们收到有关方面的告示：听到枪声时，要尽量利用家具等物件掩护自己，以免为流弹所伤。面对那样的局面，我心乱如麻，真不知道该如何是好。可是，对我的这副狼狈相，我妻子感到很不理解。她似乎并不在意，一个劲地铲着门前的积雪。在白

---

① "二二六事件"：又称"帝都不祥事件"或"不祥事件"，是指1936年2月26日发生于日本东京的一次失败政变。

雪的映衬下，她灵活地挥动着手中的铁锹……可是，没过三个月，这么个身体健硕的人，竟然就在两三天之间突然去世了——医生的诊断是胰脏坏死。

不巧的是，那年我正好被派往北京留学。妻子一直在为我操持留学所需的物品。处理完妻子的丧事，已经是夏天了。我带上她精心准备的行装，孤身一人踏上了前往北京的旅途。我去北京留学的情况，从当时的日记中大致可以得知。

　　七月二十二日。上午十一点钟，搭乘"景山丸"号海轮从神户港出发。下午，海上风雨骤起，越来越大。至半夜时分，竟成暴风雨。海轮一路艰难行驶，直到第二天早上方抵达门司港①。

　　七月二十三日。"景山丸"号海轮的出航时间推迟到明天上午十点钟。下午，搭乘小汽艇，与美国人勒斯纳尔一家逛了门司的街景。这一家子是出来旅游的。勒斯纳尔先生六十多岁的样子，面目慈祥。他的夫人则是两腿生风，走路特别快。他们的儿子是大学生，但身体似乎不怎么好。再就是他的两个妹妹，模样十分可爱。回来的途中，他们顺便去了邮轮，将目的地由天津改成了上海。

　　七月二十四日。十时许，海轮驶出了门司港，天色特别晴

---

① 门司港：位于日本福冈县北九州市门司区。自明治后期开始，就是与横浜、神户齐名的国际贸易港口。它也是旅游名胜，吸引着众多的国内外游客。

朗，海水也微波荡漾，十分平静的样子。可是，到了下午四点左右，海上再次掀起了巨浪。船上有个叫作帕克斯的《广告人报》①的记者。他只在日本待了两个星期，就与神户樟阴女校的教师佛维露小姐相爱了。他们二人正相偕前往中国北方旅行。见船上没人愿意搭理他们，便挑了一处僻静的地方，甜言蜜语去了。帕克斯的一只眼睛在战争中受了伤，容貌可以说是极其丑陋，但他性格活泼开朗，喜欢唱歌，常常朗诵《哈姆雷特》剧中的独白，以及《鲁拜集》②中的一些词句。

与我同住一个船室的，是个名叫尾池的人，非常喜欢吹牛。他说他这次去中国，是要去见"冀东政府"首脑殷汝耕。他正是我最厌烦的那一类人。

在船上，我还认识了中国某大学的教务长方宗鳌。他是来接在日本留学的女儿回国的。他的女儿们也都改了日本名字，分别叫秀子与文子。比较起来，秀子更漂亮一些。方氏的夫人是日本人，眼下正在北平从事日语的教学工作。

七月二十五日。早上，海轮进入了朝鲜南部的多岛海域。傍晚时分，进入了黄海海域。天海苍茫，什么也看不清楚。夜里，十分思念亡故的妻子。

---

① 《广告人报》：在南澳大利亚州阿德莱德出版的保守主义小型报。该报首次于1858年7月12日以大报形式出版，当时名为《南澳大利亚州广告人报》。
② 《鲁拜集》：12世纪波斯诗人奥玛·海亚姆（1048—1123）的四行诗集，优美的诗句中蕴含着惊世骇俗的思想。

七月二十六日。大概是上午六点钟左右，第一次遇上了出海的中国渔船。海轮经过山东半岛的时候，遭遇了大雾。但不久天色又放晴了。夜间，与帕克斯、佛维露、方秀子等在甲板上说笑。

七月二十七日。上午七时许，海水变得十分浑浊。早餐之后，开始做下船的准备工作。十时许，海轮沿着白河逆流行驶了大约半个小时，终于到达了塘沽。海关的通关手续也十分顺利。

中午十二点，我与方先生一家乘上了同一列火车。火车晚点一个小时，于晚间五时抵达北平。中日实业公司的诸位赴车站迎接，一同来到该公司的所在地——东黄城根。该公司的第一任总裁是孙文，现任总裁则是袁乃宽①。但实际掌管这个公司的，是我的姻亲高木陆郎副总裁。夜间，公司经理平野银治设宴款待。张友焜亦来赴宴。

七月二十八日。拜访了日本驻中国大使馆的翻译官清水董三，办理完报到手续，转呈了奚待园先生的介绍信。辞出。在俄罗斯餐馆吃过饭，雇了辆车，去了前门外百顺胡同的"群芳班"，见到了红妹，转达了阿部知二②的口信。红妹给我介绍了红弟。红弟时年 17 岁，堪称班中名花。

夜里，张友焜在陕西巷的广东菜馆——"恩成居"设宴招

---

① 袁乃宽（1868—1946）：字绍明，袁世凯的亲信、管家。
② 阿部知二（1903—1973）：日本小说家，英国文学研究学家、翻译家。

待。卤鸡、拌鲍鱼、卤鸭翅膀更是美味无比。

七月三十日。前往领事馆警察署拜会了石桥丑雄，前往文化事业部拜会了桥川时雄，领受了他们的种种教诲。夜间，前往北新华街拜访了张友焜。

有关北京生活的日记，我记了满满三大本，如今翻阅起来，真有一种往事如烟的感觉。我到达北京的第二天，就一个人急急忙忙地赶往北京"花街"——位于百顺胡同的"群芳班"去探望妓女红妹，其实是有原因的：红妹是阿部知二的小说《北京》一书中年轻妓女"鸿妹"的原型。我离开日本前，阿部托我转交给红妹一只小包裹。当然，阿部的这个请托也正中我下怀。因为，我对他小说中"鸿妹"的原型怀有太多的好奇。

阅读小说《北京》，阿部笔下的"鸿妹"是这样的——

黄褐色的面颊显得有些清瘦。长长的睫毛下，一双黑色的大眼睛仿佛会说话一样。眼睛边上，长着一些淡褐色的雀斑，鼻头有些往上翘。每当她咬手指甲的时候，就会从殷红的薄唇之间露出白瓷般的牙齿，隐约流动着温润的光泽。尖尖的下巴线条分明，小巧玲珑。略显拘谨的脸庞，给人一种饱经风霜的感觉，娇媚而又不失优雅。高高的衣领，紧紧地包裹着她那修长而圆润的脖颈。饱满的胸乳、细长的腰肢在薄裙之下若隐若现。一双金莲娇俏而圆润。

我是白天去的"群芳班"，她还没有来得及化妆，完全是素颜朝天的模样。身上穿的也是蓝色的棉布衣服，看不出与普通的女子有什么不同。不过，她的睫毛、鼻子、嘴唇，还有那盈盈一握的芊芊细腰，都如小说中描写的一样。但出乎意料的是，她的牙齿并非小说中白瓷一般。谈笑之间，嘴里还露出了黑牙。

　　她还牢牢地记着阿部呢。她将我领进自己的卧室，从梳妆台上数量众多的瓶瓶罐罐中挑出一个小巧的香水瓶子，微笑着对我说道：

　　"这是阿部先生送给我的呀。不过，早就用完啦。"

　　的确，看上去那真是一只空瓶子。

　　"一只空瓶子你留着做什么？"

　　"哦，做个纪念呗。再说……"

　　"再说什么呢？"

　　"我留着这只瓶子，那个人就一定还会再来的。"

　　听她这么说，我顿时感觉到她的话是多么的可笑。但后来我慢慢地明白了，在她们这些做皮肉生意的女子当中，有一种类似于咒语般的信仰。那就是只要把客人赠送的物件好好地保存起来，并且经常祈祷，就一定能够与他们重逢。我朝梳妆台看了一眼，那上面的空瓶子还多着呢。也许，红妹只是将那些空瓶子胡乱地堆在梳妆台上，早早晚晚地看着它们，心里念叨着她所期待的人们的出现吧。

　　我每天都能见到的张友焜，他是曾国藩的高足、广为人知的张裕钊①的孙子，供职于前门外的铁道医院，是一名内科医生。他既

---

① 张裕钊（1823—1894）：字廉卿，近代散文家、书法家。其书法独辟蹊径，熔北碑南帖于一炉，创造了影响晚清书坛百年之久的"张体"。

是位精通美味的美食家，也是一个精通燕都风流韵事的主。那天，我告诉他自己刚到北京就孤身一人探访了"群芳班"这件事，他非常惊讶地瞪圆了眼睛，不无赞叹地说道："行，哥们儿是条汉子！"

当然，"群芳班"是家上等妓院，是"清吟小班"的一家分店。当时，一百日元大概能值到九十六七元中国钱币，物价又很低，所以没有什么可以担心的。平时，要是去上等妓院的话，只要付两日元，就可以尽情地玩了，其中还包括了茶水、点心等接待费用。"五星"牌啤酒每瓶一日元，价钱算是贵的了。要是事先吃饱了肚子去的话，就一分钱都不用花。若是要听姑娘们唱戏的话，就得另外请"师傅"来拉胡琴伴奏，也得出两日元的小费。这样，只要付四日元，就能尽兴地欣赏妓女们的技艺，慢慢地玩耍了。

我每天都要去"群芳班"一两个小时。玩当然是免不了的，不过，我还有其他事情。"清吟小班"的姑娘们大多是南方人，差不多都是苏州人氏。也许是苏州自古出美人吧。即使不是苏州本地人，也基本上都是苏浙一带出生的。所以，她们交谈时，说的都是家乡话，叽里呱啦的，外人基本上听不懂。而当她们用北京话与我交谈时，差不多就像外国人说英语那样，发音当中带着很重的地方口音，不过，倒也并不影响我们之间的交流。所以，每当掌灯时分，我就会兴冲冲地往"群芳班"跑，一边玩耍，一边练习汉语的会话。

我每到"群芳班"，总是红妹出面接待。第一次来时，她为我介绍了红弟，红弟自然就把我当作了她的客人。红弟是个精力不济的弱女子，就连笑容仿佛都蒙着一种淡然。虽说她的脸上也是笑着的，可不知为什么，总觉得像是被一股阴森之气包围着。红弟虽然也是能说会道，但并不那么喜欢热闹。她属于那种你不会想与之深交，更不想与之发展亲密关系的缺乏魅力的女子。如果仅从长相来看的话,她确实比红妹漂亮,但总觉得不尽如人意。

随着交往的不断深入,我发现红妹是个很粗犷的女人。要是遇上点好玩的事情,她会张嘴大笑,露出一口黑牙。她放声大笑的时候,还喜欢在床上滚来滚去,要不就"噗噗"地往地上吐着瓜子皮……完全不是小说《北京》中所描写的"给人一种饱经风霜的感觉,娇媚而又不失优雅"的形象。虽说,我并不是出于本意要去破坏小说《北京》的作者所刻意塑造的红妹形象,但还是将这些细节一一写明,寄给了阿部。果不其然,在阿部的回信中,我读出了他满纸的失望。我也深深地为自己一时冲动,轻率地给他写了这么一封"告状信",而后悔不迭。

渐渐地,我对"群芳班"产生了厌倦的情绪。张友焜一直向我推荐"蒔花馆""潇湘馆",说那些地方都比"群芳班"好玩。所以,在这之前,我也偶尔一个人试着去过。事实上,远远不只他推荐的那两家,还有诸如"美凤院""鑫凤院""三福班""环翠阁"等,左一家右一家的,可以任由客人挑选。据说,那家叫作"潇湘馆"的妓院,店名还是出自中国古典名著《红楼梦》呢。那里有个叫作"星月"的妓女,平时喜欢穿一身黑色或者深色的衣服,身上好像总是亮晶晶地闪着光。她的仪态表情始终透露着一种威严,一种类似女王那样的威严。当我看着她时,总觉得她的目光中流露出一丝不易察觉的悲怜。我只是她的客人,这些事情原本与我无关,可她那副悲怜的模样,在我的眼里,却也流露出一些难以言说的威严。我问她有什么难处,她很直率地说道:

"您一天到晚学习,是不是总是在学到很累的时候,才会想起到我这儿来呀？”

听她这么说，我的心里即刻就多了一分压力。要是她也能够像她在"潇湘馆"的姊妹莺莺、乐珠她们那样，轻松一些、可爱一些该多好啊。

在"鑫凤院"，有个名叫吴若士的女人，两眼之间的距离好像特别宽，眼神有些迷迷糊糊的样子。不过，作为京剧的票友，倒是名声不小。我经常翻吴若士的牌子，叫她唱拿手戏《二进宫》或《女起解》。与吴若士类似的，还有几个花姊妹，像雪妃、美君、李钟情等，但都是可有可无的凡俗之人，没有什么情趣可言。当然，这只是我个人的看法。也许，在中国男人眼里，就未必是这样了。例如八大胡同唱堂会，美君就是最吃香的，总是被选为头牌。

我就这么四处溜达，到处打探，发现"莳花馆"不愧为最能够给人温馨的场所。至少，我是这么认为的。这里有二妹、七妹、素弟、春鸿等几个女子。二妹最年长，十八岁，其余都是十七岁。而与我最熟识的还要数春鸿。她脸圆圆的，小嘴如樱桃般红润，高个子，身材很敦实。她唱的是老生，嗓音高亢浑厚。

白天，我有机会带着春鸿去中央公园的"来今雨轩"或太庙喝茶。妓院给当红的姑娘们派了"跟妈"，由她们照料一切。妓院有规矩，平时妓女是不准陪客人外出的。所以，要想把妓女领出去，也实在是件费劲的事情。即使姑娘愿意，也必须过"跟妈"这一关。

"那不行，那不行。要是领出去的话，我得跟着去。"

"跟妈"的语气十分严厉，没有一点通融的余地。

"这样做是不合规矩的。"

"跟妈"搬出"规矩"来，丝毫没有让步的余地。

说起"规矩"，这是中文特有的词语。它不是"规则"，却要按照"规则"来对待。说到底，就是不成文的"规则"或者习俗。它内在的含意带有很大的人情成分，有时还能与信仰、民俗扯上关系。

　　妓院之所以能够让我领着春鸿单独出门，主要是张友焜免费给"跟妈"看病，她卖了面子给张友焜。可见，"面子"这东西，在中国，即使是在弱势群体当中，也是普遍存在的。正是这个原因，我才很快有了领着春鸿去中央公园、太庙等地玩的机会。自从能够与春鸿一起外出散步，我才逐渐了解到她的身世。据她自己说，她好像出生在上海。因为自她记事以来，一直就是生活在上海的，所以，她就认为自己是上海人。但是她也有可能不是上海人，而是杭州人。那是因为在四五年前，有个自称是她婶子的人从杭州来到她上海的家中，硬要把她带走。直到这时，她才知道，一直抚养自己的父母亲，原来是自己的养父养母……于是，她与养父母一起，坚决拒绝了"杭州婶子"的无理要求。如今，她来到北京的"莳花馆"已经一年半了，可一直没有上海家人的消息。她给家里写过两三封信，却都石沉大海。最后的那封信还原封不动地被退了回来。可以想见，她的家人大概已经不住在原来的地方了。

　　"我父亲是卖饽饽的。他做的饽饽可好吃啦，生意也一直很好。"

　　春鸿在跟我聊这些事情的时候，并没有丝毫发愁的神情，看上去就是一副少女无忧无虑的快乐模样。

　　那时，我的住处是三居室。里面的一间是卧室兼书房，中间的一间用作客厅，左边那间带炕的房间就做了杂物间。我雇了一个女佣与伙计，后来又包了辆车。女佣与伙计每个月都是十日元工钱，他们在外面吃饭，每天花费二十钱。这样，他们每个月还能剩下四日元的工钱。车夫要到处跑，我就每个月支付给他十八日元的工钱。三个佣人，我每个月支付的工钱总共是三十八日元。并且，支付这些工钱之后，就不必再操心他们伙食之类的事情了，真是太省事了。

我是来北京留学的，所以大学的课还得去听。一天，我去了北京大学第三院的教务处，打算办理听课手续。我向工作人员递交了大使馆提供的有关文件，那位工作人员在仔细看过文件之后，问道：

"你要听课的话，交二三十日元的费用没有问题吧？"

我觉得他问的这个问题很奇怪。其实，就我当时的经济状况来说，交五十日元、六十日元，哪怕是七十日元都没有问题。于是，我回答说：交多少都没有问题。听了我的回答，他接着说道：

"这样的话，也可以让学校的老师去你的住处给你上课。天冷了以后，会更舒适一些。"

他说得不错。于是我问了一下行情。他说："要是请教授的话，每周两次课，一共十五日元。要是助教的话，付十日元就可以了。"

当时，我正好已经请了没落贵族、清末举人奚待园给我讲授《红楼梦》。每天都上课，每月付十日元的酬劳。我就请教务处的人员替我安排，尽快再各请一名北京大学的教授与助教，让他们每周各给我讲两次课。没想到他们替我请到的那位教授，竟是大名鼎鼎的音韵学专家赵荫棠①。当时我感到很奇怪，像赵先生这样的名人，怎么还会上门教授课程呢？后来，总算明白了，他这是在挣酒钱呢。

---

① 赵荫棠（1893—1970）：字憩之，音韵学家。1924 年考入北京大学研究所国学门研究生。1932—1939 年，先后任教于北京大学、辅仁大学等。新中国成立后曾任职于河北师范学院、西北师范学院等。

当我知道了我所支付的酬劳就是他的酒钱之后，我们的关系就由原来的师徒一下变成了"酒肉朋友"。我思来想去，感觉在我的一生当中，真正能够称得上"师友"的，大概也就只有赵荫棠一个人了。

赵荫棠是一位著名的等韵学①专家，他在这方面的研究成果具有划时代的意义。与此同时，他还是一位文学青年。那时，我对音韵学并无兴趣，但对无论什么时候都像文学青年般热情的赵先生，有一种特殊的亲近感。

他总是喜欢领一些我从未见过也未听说过的男人来我这儿。每逢此时，我们必定要找个地方喝上两盅。而他带来的人，都是出酒钱的人。我真的很佩服他有这么大的能耐，总是能找到给自己付酒账的人。要是细数起来，我们去过的地方真是数也数不清，五龙亭、都一处、西来顺、砂锅居、烤牛肉……他带着我频繁地四处喝酒。

可是，在如此闲适的北京生活的背后，却隐藏着一片很大的阴影。当时，日夜刺激着北京市民的，就是在通州成立的以殷汝耕为首的"冀东政府"②的问题。所谓的"冀东政府"，说到底，也就是22个县那么大一块地盘的临时政府。实际上，这是日本侵略中国的一个新据点，是特意炒作的结果。就这么个玩具般大小的"政府"，从货币到邮票都是独立制作发行，所有的行政权力都与中国政府割

---

① 等韵学：为唐代名僧守温始创。是音韵学中以审音为主分析汉字音节结构、说明发音原理的一门学科。

② "冀东政府"：全称为"冀东防共自治政府"，是1935—1938年间存在于河北省东北部的日本傀儡政权，由殷汝耕担任政府首脑，由日本实际控制。初期主要是为了迫使南京政府承认山东、山西、河北、察哈尔、绥远五省自治，后期转为日本掠夺当地资源及摧毁华北地区经济的工具。

裂了开来。日本现在也遇到了冲绳问题①，可是，当时又有几个日本人考虑过"冀东政府"的问题呢？十分健忘的日本人，可曾有人切实地想过当时的中国人，尤其是紧挨着通州的北京的人们，是怎样日夜处于水深火热之中？每天早上，从通州驶来的数十台卡车直接闯入朝阳门，由东单牌楼向西疾驶，在长安街上横冲直撞；或由东四牌楼向西四牌楼疾驶，带着滚滚的烟尘，消逝在城市的街道上。那些卡车上满满堆着的，都是一些名义上的低税商品②，实际上就是根本没有经过中国海关批准的走私物品。说白了，这就是他们用来扰乱冀东市场，实行经济侵略的新据点。

赵荫棠一喝酒，就会慷慨陈词、悲愤交加，痛骂日本军队在冀东地区实行的种种政策。并且，每逢此时，他都会痛哭流涕。

当时，居住在北京的日本人大约有一千五六百人的样子。这些日本人已经在北京居住了许多年，与中国人建立了友好的关系。所以，对于中国人当时的悲愤心情，大多数日本人是能够理解的。而且，这些日本人在受到中国朋友责难的时候，脸上都是一副理屈词穷的表情。

但是，即便处于这样的情势之下，北京人在消费日货上还是热情不减。这让我与一些长期居住在北京的日本人难以理解。例如，在西观音寺胡同的长春亭或是沟沿头的朝日轩，日本艺人的表演依然能够迷倒一片观众。要说日本料理的话，有八宝胡同的食田道乐；

---

① 冲绳问题：第二次世界大战之后的 27 年间，冲绳从日本分离出去，直接在美军的统治之下，产生了大量内政以及外交方面的问题。具体说来，就是施政问题，军事基地问题，居民的人权、教育、福利等一系列问题。
② 低税商品：指当年"冀东政府"用降低进口税的办法，协助倾销日本商品。

要说日本点心的话，有林青堂；要说日本荞麦面的话，有万岁屋。再就是那些妖里妖气的日本女人聚集的弥生酒馆，生意也十分兴隆。喜田洋行价格贵得吓人的"泽腌咸菜"[①]，也同样卖得飞快。

我尽可能不与那些作恶的日本人交往，专心致志地与中国人为伍。只是在中国朋友的缠磨之下，常常出入于东单牌楼那家叫作"白宫"的带有舞厅的酒店。这里虽说也有日本女人，但更多的是朝鲜女人与中国女人。"白宫"每天夜里十点开张，一直要营业到凌晨三点左右，可谓热闹非凡。

在"白宫"之前，中国人经营的"金扇舞厅"生意十分红火。"白宫"开业之后，"金扇"很快就变得萧条了。不久，就被吞并了。

在"白宫"，陪我的是个名叫王美莉的姑娘。她是中美混血，绰号叫"中国的格雷塔·加尔波"。你还别说，要是细看起来，她的眼神与嘴角，还确实有那么点别样的风情呢。不过，这对我来说倒也没有太大的吸引力。我所感兴趣的是，她那一口地道的北京话。那圆润的嗓音，如同玉珠落入翠盘，有一种摄人心魄的美感。如此的艳丽与娇娆，在春鸿那样的姑娘身上是根本不可能看到的。

那是秋末的一个夜晚。"白宫"酒店快要打烊的时候，王美莉突然对我说道：

"不去喝杯咖啡吗？去我那里可以吗？就我一个人。喝完咖啡再回去，好不好？"

突然，我也很想知道王美莉住在一个什么样的地方，她的日子又过得怎样。我心里充满了好奇。至于是否会发生点什么，我也说

---

① "泽腌咸菜"：日本一种受民众欢迎的腌菜。以米糠和盐为调料，腌制萝卜等咸菜。

不准，但心里还是有所期待的。

"好啊，那就走吧！"

王美莉的住处位于城东紧挨着城墙的胡同里，是一栋俄国式建筑。据说，楼里有一半住的是外国人。她的房间在二楼。走进房间，她床上的绣着精美图案的床罩令人眼前一亮。乍一开灯，还真有些晃人眼睛呢。长凳子上的靠垫，缎面上也用金丝线绣着龙的图案。我在那张凳子上坐了下来。

我一边听着她给炉子加煤发出的"噼里啪啦"的声响，一边感受着房间里的温暖氛围。不一会儿，随着房间温度的升高，咖啡的浓香气味也弥漫开来。接着，她打开了一本自己的相册，一一指给我看，讲解着每一张照片拍摄的时间与地点。她不停地给我做着介绍，依旧是那么美丽动听的声音。我也一时沉浸在恍惚的心境之中，静静地欣赏王美莉那美若天籁的嗓音……不知不觉，天快亮了，难以克制的瞌睡虫也迅速地爬满了我的全身。我就势在自己坐的长凳上躺了下来。

"啊，天快要亮啦。你就在凳子上睡吧。我也要睡一会儿。"

她躲在屏风的阴影里换好睡衣，关灯上了床。也不知过了多长时间，我被一阵急促的敲门声惊醒。我心里不免一阵慌乱，马上意识到这可能不是一件简单的事情。并且，就在这个当口，我意识到自己出面可能有危险，于是就假装睡着了。这时，已经起身的王美莉上前打开了房门。我看到门外站着一个男人。王美莉强行把那个男人推到了走廊上，两个人在不停地嘀咕着什么。这时，那个男人的说话声渐渐高了起来。我伸长耳朵听着，听得出来那个男人说的是中国话，但那不是中国人的语音语调，而是外国人说的中国话。

此时，我突然想起了一张意大利下级士官的面孔，他是王美莉的常客。我好像听人说过，他跟王美莉的关系不一般。就在这个紧要当口，我猛地想到了这个人——真的是"紧要当口"啊！

"危险！快跑！"

毋庸置疑，那裂帛般的声音是出自王美莉之口。

我使劲推开窗户，麻利地爬上窗台，跳了下去。

"砰——"

一声枪响，那是手枪子弹出膛的声音。

窗户下面是一堵又高又宽的砖墙。我命好，跳下去正好就落在那堵砖墙上。

"砰——砰——"

就在我从墙顶上往下跳的时候，背后又连续传来了两声枪响。

我沿着黎明时分尚未苏醒的大街拼命奔跑。我慌张得连方向都辨不清了，只知道没命地往前跑。正在上气不接下气的时候，猛然看到路边停着一辆黄包车。车夫正仰躺在黄包车的踏板上睡觉呢。我赶紧把他叫醒了，同时递给他一张十日元的钞票。那车夫睡意正浓，一时还没有缓过劲来。

"东黄城根，乃兹府！孟公府，箭杆胡同！快！"

我简直都不知道自己说了些什么。"东黄城根""乃兹府"倒是没错，可"孟公府""箭杆胡同"，那不是中日实业公司的子公司吗？大概那时我是慌了神，本能地认为这些地方的任何一处都能给我提供安全，只要求车夫尽快离开吧。车夫也立刻操起车把，嘴里一边喊着"快！快！"一边飞快地奔跑起来……

我终于又回到了自己的房间里。我一头扑倒在床上，一时还难以抑制住"扑通扑通"的心跳。从此以后，我对"白宫"怀有一种深深的恐惧感，再也没有去那里消遣的心情了。

我对赵荫棠说过这件事情，也对张友焜说过这件事情。赵荫棠皱着眉头道：

"你还是在中国人的圈子里乐乐得啦，那些个来路不明的家伙是最危险的。"

但是，张友焜却抱着玩笑的心态，说道：

"你怎么不再去'白宫'见见王美莉，问问后来的情况了？"

按照他说的，我忐忑不安地又去了一趟"白宫"。

"那天一定吓着您啦，我都不知道该怎么办好啦。不过，那个暴徒已经离开北京回意大利了，您就放心吧。"

王美莉依旧笑颜如花地对我说了这么一番宽心的话。

幽燕悲愁

虽然中日两国之间阴云低垂，但并没有影响到我在北京无忧无虑的生活。至少，对于我来说，那段在北京的欢乐时光，此生都难以忘怀。

但是，我所说的"欢乐时光"，只是我一个人的感受，对于在北京生活的中国人来说，大概得说是强颜欢笑吧。要是与他们做深入的交谈，就会发现他们都满怀悲愤，以及对日本军阀所作所为的痛恨。尤其是年轻人，他们的脸上甚至就连假装的笑容都没有，毫不隐晦地表达着自己对日本军队的憎恶心情。

平时，午餐的时候，我总是溜达着去北京大学第三院后面的景山东街，因为那边有一家名叫"苏湘春南饭馆"的店。说来有趣，这家饭馆虽然店名起得很堂皇，但走进店里一看，却是脏兮兮的。即便是在冬天，餐桌上也有苍蝇飞来飞去。不过，它的那种脏兮兮的样子，倒使我感到了一种乐趣。所以，且不管它菜肴的味道如何，我就是喜欢上了这家"苏湘春"饭馆。

在这家饭馆的斜对面，有一处名叫"景山书局"的小书店。虽说它的主业是给北京大学的学生们提供印刷品与参考书，但偶尔也会看到一些市面上难得一见的珍稀版本。例如，由周作人先生采集的《山歌》，由李调元①先生编集、钟敬文②先生校正的《粤山》等印数很少的珍稀书籍。这样，我在"苏湘春"吃过饭往回走的时候，就经常顺路去这家书店瞅上一眼。

景山书局的伙计姓曹，是个年轻人。他总是一边看店，一边读书。一头乱蓬蓬的头发，脸色苍白得几乎没有血色，看上去有点神经质的样子。他对待顾客的态度与大多数中国人不同，一副很冷淡的面孔。来了顾客，他只是抬头瞥一眼，既不搭腔，也不招呼，继续埋头读书。有时，我会问他一些书籍的情况，他也只是简单地回答一两句，并没有一点热情的表示。

我对这位与一般中国人不太一样的年轻人产生了兴趣。心里纳闷：他到底是一个什么样的人呢？有一次，我向赵荫棠说了自己的想法。

"哦，你说的是那个小伙子啊。"

赵荫棠与景山书局的老板是熟识的。

"他是个左翼青年，是个很聪明也很热心于学问的年轻人。其实，他说起话来也挺有意思的。"

---

① 李调元（1734—1803）：字羹堂，号雨村，别署童山蠢翁，四川罗江县人。清代四川戏曲理论家、诗人。李调元与张问陶、彭端淑合称"清代蜀中三才子"。
② 钟敬文（1903—2002）：原名钟谭宗，广东人。中国民俗学家、民间文学大师、现代散文作家。

难怪景山书局的书架上有许多激进的书了。也许，这些书是这个青年人特意挑选的吧。"很聪明，也很热心于学问"这一点，从他的平时表现来看，我是能够感觉到的。可说他"说起话来也挺有意思"这一点，我是怎么也想不明白。

我想，等他什么时候心情好了，我再好好跟他聊聊吧。我总是去景山书局，想必曹姓青年对我一定也是有印象的，那么，还是我主动搭话的好。有一天，我问他道：

"你叫什么名字？"

看得出来，他愣了一下，接着回答道：

"我姓曹，叫曹同望。"

他边回答，边从抽屉里取出一张有些邋遢的名片递给了我。

就这样，我们开始了交谈。我发现，他对于我留学生的身份、我在日本做教师的情况，其实都是知道的。随着谈话的深入，我们还就中日两国关系的问题坦诚地各抒己见。他最为激愤的，还要数"冀东政府"这件事，以及殷汝耕这个人。

"殷汝耕是个什么东西？！最近，东华门大街五金店老板的女儿不是被他害的吗？！真是个伤风败俗的东西！"

他所说的东华门大街的五金店，就是位于孔德学校前北池子附近的一家小店。我虽说不认识他们家的女儿，可那家店我是熟悉的。

我来到北京之后，曾经去过通州游览。也曾经在那个类似玩具般大小的简陋的伪政府里与殷汝耕见过面。所以，对于北京百姓痛恨"冀东政府"与殷汝耕的情绪，以及"冀东政府"与日军之间的阴谋，我都是知道的。

"日军在中国人当中扶植了那么多堕落分子做他们的代理人。

你对他们是怎么看的？"

曹青年的愤怒，直接冲着日军利用汉奸的行径而来。在中国人看来，那些汉奸无疑就是"堕落的中国人"。

"殷汝耕还只是个开始，往后，他们还不知要扶植多少殷汝耕之流呢。一想到这件事情，我的心里就像火烧一样。"

他越说越激动，苍白的脸色愈加显得苍白。而且，在他那苍白的脸上，似乎流动着一股炽热的火焰。我看着他剧烈颤抖的嘴唇，心想：这个青年可能患有肺病，那种病必然会导致情绪异常激动。

"是啊，说不准真的会出现你所说的这种情况呢。至少目前这种局面不会得到改变吧。"

我这样回答道。

"蒋介石举办了盛大的五十寿辰的庆祝活动，正当他向海内外显示威势的时候，不就发生了'西安事变'？今后，形势的发展已经很清楚了。日本是走上了一条绝对错误的道路啊。"

曹青年很有自信地表达了自己对于当前形势的判断。

可以想见，谈话当中，我们之间充斥着怎样阴郁的气氛。我也感到心情很沉重，只能看着他，无言以对。

我的桌子上放着一瓶白干。酒瓶子里，浸泡着从药铺买来的茴香。就这么放置两三周之后，这瓶白干就开始散发出杜松子酒①的味道。要是酒里放橘子皮与龙眼肉浸泡的话，又能变成味道绝佳

---

① 杜松子酒：又名金酒或琴酒，最先由荷兰生产，在英国大量生产后闻名于世，是世界第一大类的烈酒。杜松子酒按口味风格又可分为辣味杜松子酒、老汤姆杜松子酒和果味杜松子酒。

的利口酒①……我就是这样十分投入地、没心没肺地玩着类似的游戏。后来我才明白，其实，当时弥漫在中日之间的那种低迷的雨云，已经形成了一种山雨欲来风满楼的阵势。

旅居北京的日本人要低调得多。比如，日本人俱乐部举办音乐会的时候，我受邀前往观看。原来是个叫作村冈乐童的无名之辈率领的乐团，门口的宣传招贴画上写的是"东洋音乐学校毕业　河南光子"。这个"河南光子"，大概就是乐团的年轻女演员吧。在大伙焦急的等待中，村冈乐童上台了。他自弹自唱，唱的是歌舞伎曲目《劝进帐》，真是无聊极了。我实在听不下去，便愤然离席而去。

日本人对中国戏剧大都不感兴趣。所以，俱乐部偶尔来了个日本乐团，真可谓观者如云，简直是踏破了门槛。

我努力避开日本人的耳目，尽量多与中国人接触，了解中国的事情。差不多每天都往返于广和楼、三庆戏院、庆乐大戏院、吉祥戏院、哈尔飞大戏院等市内的演出场所，观看演出。当时，梅兰芳已经南下，不在北京。但尚小云、荀慧生、小翠花、程砚秋等名旦，以及金少山、萧长华、马连良、马富禄、谭富英等名优都在京城，不分昼夜地为戏迷们表演剧目。后来，去了上海的梅兰芳也回到了北京，在第一舞台举行了为期一个月的公演，盛况空前，给我留下了特别深刻的印象。

梅兰芳的那次公演，是他战争结束之前的最后一场演出。说来

①　利口酒：是一种以发酵酒、蒸馏酒为原料，再加入糖类、香料和色素配制而成的酒精饮料。特点是酒精度较高，香味浓厚，酒味甜蜜，色彩鲜艳。据传是路易十四60岁时因体力衰弱，医生在白兰地中加入糖和香料配成药酒送给他饮用的。当时把这种饮料叫作兴奋剂，因含酒精成分，故又称为利口酒。

也怪，就在梅兰芳那次公演后不久，第一舞台便发生火灾被烧毁了。

从午饭之后到傍晚前后的这一段时间里，我特别喜欢在北京的大街小巷四处溜达。西单商场与东安市场不同，由于地域的关系，很少有日本人去。所以，我就总是往西单商场那边跑。商场后面的广场上，有个叫"西单大戏院"的地方，实际上就是一处露天剧场。说是"露天剧场"也夸大了，演员只有两个十七八岁的女孩，再加一个拉胡琴的老人，可谓简陋至极。在这样的地方演出，自然也不会有什么专业装扮，也就是做一些表演的动作吧。这两个女孩，一个两眼间的距离特别宽，但很可爱；另一个是凹脸，四周突出，中间凹陷。根据一般的审美标准，她二人都算不上美女。不过，她们的表演十分认真，那份真诚劲儿，实在有一种感人的魅力。而且，她们二人的唱腔没得说。每当那个拉胡琴的老人在地面上写出诸如《二进宫》《武家坡》之类的当天演出的剧目名称后，表演也就正式开始了。聚拢来的观众也会给他们舍钱，但老人从来不强要。观众给多给少，他都很满足。就这样，一场接着一场地往下演。我有一天在日记中是这样写的：

> 在露天剧场的旁边有一栋楼房。楼上是一家叫作"馨园球场"的台球房。我站在"馨园球场"的窗边，伸长脖子，倾听着楼下空地上传来的二位姑娘的唱腔。冬日晴朗的天空中看不到一丝云彩。

夜间，我还经常去赴大栅栏青云阁里的"玉壶春"宴席。我被在那里演唱梅花大鼓的白玉霞与演唱河南坠子的姚俊英两位年轻的女艺人勾住了魂灵。河南坠子，也就是河南小曲，原本只是在河南地方上演出，自从来到京城并广为流传之后，经过都市艺人们不断地加工提炼，洗却了不少乡土味道。我觉得，那种袅袅的哀艳情趣，是与古都的风情很般配的。

让我借助当时的日记，来回顾一下往事吧。

十一月十日。午后去近代科学图书馆，本打算对河间纪氏钞本《屈原赋注》一书做校订的，却不料这本书被桥川时雄借走了。如此，这件事情也就只得暂缓。于是，我便去了一趟西单商场，买了做窗帘的布料。之后，照例又去了那里的露天剧场看演出。

十一月十一日。夜间，去真光影剧院看电影。

十一月十五日。雪。登临景山，边赏雪景边品茶。进故宫游览。今天也许是下雪的缘故，故宫里游人寥寥。在鉴赏的过程中，给我留下深刻印象的，要数存放于钟粹宫的陈继儒①所作《秋景图》。令我没有想到的是，永和宫中竟然还留存着如此生动而鲜明的女人气息。

十一月十六日。赴西单商场，购得杂书二三册。其中一册

---

① 陈继儒（1558—1639）：华亭（今上海松江）人，明代文学家、书画家。平生著述繁丰，其所著《建州策》一文因贬低努尔哈赤及女真族，清时遭禁。

是《中国文学论纂》的汉译本。前往铁道医院看望张友焜，一起步行至正阳门外。与他分别之后，我就踏上了回家的路。雪已经开始融化，空气很湿润，感觉非常舒适。

十一月十八日。中日实业公司总裁袁乃宽的夫人去世，今天举行"接三"①祭祀活动。一大早，我就赶往他位于宣武门内的府上。那是一处很大的宅第，由于他们只是在夏季天气炎热的时候才来住，院子里呈现出一派荒芜的景象。我们这些吊唁的人在灵前祭拜，而他家的近亲属则都跪在两旁，示答谢礼。每有吊唁的人来，布置在院子各处的锣鼓就会立刻敲打起来，一片喧闹之声，犹如日本大名②登城的景况。

近亲属们都身穿白衣。男人们的衣服式样，有点像医生做手术时穿的白大褂。女人的服装，则有些像日本戏剧舞台上为父母复仇的孝女的打扮。飨宴之后，人们手捧松明子一般粗细的线香，来到宣武门左侧的城墙根下，焚烧纸质的楼阁、汽车、奴婢等焚化物。跟随的人员达数十人之多。之后，我从西四牌楼，经北海回家。

十月二十四日。煤市街至美斋，赴张友焜的宴请。那是一家以鱼见长的老店。今天的鲤鱼汤特别鲜美。在酒席宴上，听

---

① "接三"：指人死后第三天举行的祭祀活动。
② 大名：日本古代封建制度对领主的称呼，由"名主"一词转变而来。所谓名主，就是某些土地或庄园的领主，而土地较多、庄园较大的就是大名主，简称大名。

他们说，汉语中的"吃鲤鱼"①一词，是表示斡旋男女关系的意思，真是令我捧腹不已。

十一月二十九日。在什刹海北岸散步，池水已经结了很厚的冰。数十只寒鸦往来穿梭。四五个青年正在练习滑冰。

这个月，外务省提供的留学费用迟发。

十一月三十日。傍晚，前往西来顺吃烤羊肉。味道实在是太鲜美啦。回家后，矢原礼三郎②来看我。他是与黄瀛相熟识的诗人。

月色澄明，但似乎要比日本的夜晚冷峻许多。月光映照下墙壁上枣树枝条的影子，令人浮想联翩。站在院子里，借着月光读书，亦是十分清楚。

那段时间，我曾经整夜梦见亡故的妻子。我经常翻阅当年的日记，里面有许多这样的记载。

我与妻子对面而坐，品尝着已经许久没有吃到的妻子亲手做的菜肴。那是她手术之后，正在康复时期的事情。我从医生那里得知，她的病情已是绝症。即使现在看上去情况还不错，

---

① "吃鲤鱼"：中国某些地方谢媒的习俗，是指请媒人吃鲤鱼。"鲤"与"礼"谐音，有对媒人尊重之意。
② 矢原礼三郎（1919—1949）：日本诗人，电影评论家。出生于中国，大半生都在中国度过。他的诗歌，包括在日本生活期间的诗歌创作，也大多以中国为背景。

但很难说什么时候会再度复发，陷入危局。我一直这么担心着，可还是怀着侥幸，希望她能就这样远离病痛，健健康康地活下去。梦中我还与她简短地交谈了几句。

昨夜又梦见了亡妻，但梦的具体内容已经不记得了。夜半醒来，很真切地记得曾经有过她的梦。那是我一直想着她的缘故吧。只不过有时记忆鲜明一些，有时模糊一些罢了。就像昨天夜里，意识处于半清醒半迷糊的状态。

北京夜晚的宁静，确是东京无法相比的。冬夜，升起暖炉，室内就异常暖和。此时，在某个墙角，昆虫会低吟起来。也许是因为室内的暖气透进墙缝，让它们始终觉得就像秋天似的，便忘记了自己要冬眠吧。

转眼间就过了新年。有一天，景山书局那位脸色阴沉的抗日青年曹同望告诉我，他恋爱了。当我听他说出那个女孩的名字时，惊讶得几乎说不出话来。

他恋爱的那个女子，是我一个熟人的女儿。那人姓杨，是一个败落的世家子弟。女孩的母亲早已去世，她与父亲以及两三个佣人一起，无声无息地打发着时光。

杨某是中日实业公司的董事，所以我自然与他结识了。他整天闲得无事，就主动邀我跟着他学习古文。我能跟着这样一位古朴的老人，悠然从容地吟诵唐宋时期的古文，真是三生有幸。于是，我就经常去杨家求教。

杨某也非常热情，扯开他那与年纪不相称的张力十足的嗓音，朗朗诵读"韩柳"①"三苏"②的文章。而我只是洗耳恭听，充当杨某的忠实听众。

　　杨小姐是北大英文系的学生。我第一次见到她的时候，她正在磕磕巴巴地读理查逊③的小说《帕米拉》④。她说话的声音很轻。不管什么时候见到她，都是轻言轻语、朴实无华的女学生模样。所以，当我得知曹青年的恋爱对象是杨小姐时，自然吃惊不小。我暗自担忧，这个左翼的曹青年与她的恋爱关系能够这样顺利地发展下去吗？

　　"你对于历史的残酷性做过思考吗？无论是对于国家，还是对于个人来说，结局都是相同的。"

　　曹青年坐在店堂的桌子旁，手臂支撑着腮帮子，目光望着远处，向我提出了这个问题。

　　"在我的头脑里，中国的将来，与自己的恋爱是不能相提并论的。与中国未来的前途相比，我们恋爱的前途不值得一提。"

　　说实在的，对于曹青年这番话的深意，我是不怎么明白的。

　　"也就是说，我与她对于中国的未来抱有同样的希望与期待。并且，我们是从历史的角度得出的这个结论。这也是我们之所以能

---

① "韩柳"：中唐散文家韩愈、柳宗元的并称，在"唐宋八大家"中位居前两位。"韩柳"并称，始于宋初，多针对古文而言。他们二人也是唐朝古文运动的倡导者。
② "三苏"：指宋朝时的三位文学家苏洵及其儿子苏轼、苏辙。苏洵为"老苏"，苏轼为"大苏"，苏辙为"小苏"。
③ 理查逊（1689—1761）：英国小说家。他的作品《帕米拉》开创了英国感伤主义文学的先河。
④ 《帕米拉》：理查逊第一部书信体小说。小说既有言情的情节，又有严肃的道德主题，深受18世纪中产阶级读者的欢迎。

够彼此相爱的原因所在。"

说到这里，曹青年的脸上露出了难得的快意的笑容。

其实，我惊讶于曹青年与杨小姐谈恋爱，还有一个原因。前面说到的中日实业公司的总裁，就是那个夫人刚刚去世的袁乃宽，他有个外甥，名叫姚培文，正在热心地撮合杨小姐做我的继室呢。当然，其中的缘由曹青年肯定是不知道的。

对于我来说，与杨小姐结婚这件事，我怎么想也觉得别扭，便断然谢绝了姚培文的好意。尽管如此，当我听到这个或多或少与我有些关系的女子，就是曹青年恋爱的对象，而且还是听曹青年亲口所言，说完全无动于衷也是不可能的。不过，我自己很清楚，这并不是出于嫉妒的缘故，但这件事对内心造成的那种难以言喻的冲击，实际上也与嫉妒很相似。这让我自己也觉得很不可思议。

我这才渐渐地明白过来，性格忧郁的曹青年与性格沉静的杨小姐，其实都是灵魂深处燃烧着激情的青年。他们心底这种共通的情感，才是导致他们走到一起的根源所在。

"祝愿你们好运气。为了中国，也为了你们的未来。"

说心里话，说出这样的祝福，就连我自己也觉得有些装模作样。然而，曹青年倒像是真的领会了我的好意，微笑着，轻轻地点了点头。

我一如既往地四处流浪。说得好听点是"散步"，如果从精神层面来讲，那无疑就是一种"流浪"。我手里拿着一只被北京人称作"铜子儿袋"的皮革小包，里面装满了铜板，大约有 50 钱的样子。当时的行情大概是这样：我用这些钱币能够购买一两册普通版本的图书，能够在天桥一带的小剧场看会儿演出，能够在茶馆听听大鼓表演或单弦演奏。要是感到肚子饿的话，还能够吃点简单的食物。所以，或者白天，或者夜晚，我天天都要出门溜达两三个小时。夜里要是逛得很晚的话，一般都是在东安市场里面那家名叫"俊山馆"的有些肮兮兮的小饭店里点一碗鸡丝汤面，就着老白干，算是消夜。由于附近的店老板和伙计在自家的店铺打烊之后，都喜欢来这儿喝一杯，所以，小饭店生意总是很好。即使到了深夜零点以后，也还是食客盈门。

可是，新年过后，我散步的地方就换了，换成了前门外的泰和饭馆。我之所以这样做，也是有原因的——一切在北京当铺联合会会长、中日实业公司董事黄玉死了之后发生了变化。

黄氏在东黄城根有一处十分豪华的住宅。据说，他家的庭院，是根据乾隆年间戏剧家李渔的创意建造的。在北边，布设了珍稀的苏州园林风格的景致。院子里筑有假山，两边是延绵的白壁长廊。假山顶上的亭阁与池塘、台榭相映衬，还有扶疏的花木……都是难得一见的珍稀美景。我常常到黄家做客，借得他家幽静的书斋，权享半日读书之乐。由此，我才得以参加他的葬礼。在这里，我引用一下当时的日记：

一月八日。今天是黄玉先生出殡的日子。我一大早就赶到了黄宅，很快就被人引到了早餐的餐桌上。上午十时出殡，经由王府井、长安街、前门外、天桥，前往事先预定好的永定门外南郊花椒里的坟地。送葬的队伍很长。沿途搭建了许多"路棚"，都是有关单位赠送的。每到一处，都要诵经礼拜。所以，送葬队伍的行进速度很慢很慢。等到前门外，已经是中午时分。

我饥肠辘辘，肚子饿得实在受不了，就只得悄悄离开队伍，钻进了路边的"泰和"便餐店，要了一份虾仁炒面。饭店里的女招待名叫刘桂隆，十九岁，娇艳可爱。吃完饭，走出饭店，送葬队伍的尾端还在门前。我即刻雇了辆车，赶到队伍的前头，与大伙一起步行出了永定门。

这天，刮着很大的西北风，落得一身的尘土。冬天京城的郊外，可谓是满目荒凉，哪怕一点点绿色也见不着。坟地上居然还有两栋建筑物。可见，黄家的祖坟有多气派。送葬的亲友在楼内休息、飨宴。等到棺椁入葬完毕，已是薄暮时分，大伙纷纷散去。

有一点需要申明，那就是有女招待的饭店未必就是高档的。前门外类似的饭店并不少见，泰和饭店就属于这类。我是因为肚子饿了才进的这家饭店，却不料在这里遇见了姿色娇艳的美人儿刘桂隆。

那时，她的装束十分俗气——额头上梳着刘海，一身天蓝色的粗布衣服，耳朵上红颜色的玻璃坠子不停地晃动着——却使我感受到了那种未加雕琢的朴素女孩的端庄的美丽。

"您是日本人吧？"

"是啊。"

"欢迎您再来。"

这么简单地交谈了两句，我就匆忙离开了。可不知为什么，她却给我留下了难忘的印象。

后来我又去了两三次泰和饭店。我发现刘桂隆尽管大字不识一个，也未受过什么教育，谈吐却是不俗，让我这个日本人深感惊讶。

"您知道'大旅社'吗？"

"什么'大旅社'？"

"就是我们饭店后面街上的那栋四层楼，是个鸦片烟馆，是日本人开的鸦片烟馆啊！自从那家烟馆开张之后，中毒的人就越来越多了。这样下去怎么行呢？时间长了，中国人可不全都要痛恨日本人啦！"

她义正词严地对我说了这番话，刘海下面的双眼仿佛在燃烧着愤怒的火焰。她目光中的那种威严、那种美丽，具有足够吸引我的魅力。

"'大旅社'还有更让人恶心的事情呢。他们利用这个地方，刺探中国的情报。"

在我又去过几次"泰和"饭店之后，刘桂隆对我说了这些话。很遗憾的是，经我后来多方求证，发现她说的那些话句句都是实情。作为日本在中国谍报系统的一环，那家"大旅社"的确是发挥着不可替代的作用，都成了公开的秘密了。可我竟是如此迂腐，在听到刘桂隆的这番话之前，还什么都不知道呢。

四月末的一个夜晚，我突然想起了冬天刘桂隆对我说过的情况，就独自一人去了"大旅社"。真是没错，那就是一个规模巨大的鸦片烟窟。那是一栋带有庭院的豪华建筑，从各个楼层的走廊上都能俯瞰院子。说是日本的谍报机关，却连日本人的影子也见不着——走廊上走来走去的全是中国雇员。他们有的在忙着搬运鸦片烟的器具，有的在忙着收取鸦片烟资。我探头朝房间里面看了看，发现个个房间都挤满了人。走廊上是亮着灯的，而房间里却是一片昏暗，只有床头的鸦片烟灯闪着幽红的火光，恰如夜间河边上闪烁的点点渔火。我走上顶楼，看到了一个稍微空闲点的房间。皎洁的月色透过窗户，照得房间里光亮一片。

我仔细朝里瞅，看到房间里歪歪斜斜地躺着一个男人。在他的身边，还半倚半躺着一个女人。她举着手臂，正在烟灯上烧着烟泡。

这时，有个女人像影子似的悄无声息地溜到我身旁，道：

"先生，抽袋烟吧。"

"哦，我不抽，只是进来看看。"

"真没意思……不过，您要是没抽过的话，我劝您还是别抽的好啊。"

"你们这么尽心，要收他多少工钱？"

我指了指躺在房间里的男人，问道。

"哪里啊，完全是免费的。要是伺候得老爷高兴了，也许会领我们去什么地方玩玩。"

听她这么说，我一下子感到很骇然。

——原来她们都是妓女啊！

"我啊，现在正病着呢，也不是想让他带我出去玩。只是在家里也很无聊，所以就过来啦。"

我看到那个女人的鬓角上插着一朵白色的已经有点枯萎的花朵，便问她那是什么花。她告诉我那是海棠花。我说我还是头一回听说有白海棠花。她故作惊讶道：

"您不知道？红海棠结的是红果，白海棠结的是白果啊。您喜欢这朵花吗？要是喜欢的话，我就把它送给您好了。"

我当然不会要她的花。

这就是在明月高照的四层顶楼的一角，那个销魂的鸦片烟窟里，一个要送我枯萎的海棠花的病恹恹的妓女。我也没问她姓甚名谁，她也没有告诉我她是谁，我就告辞出去了。我只知道她的年纪——24 岁。

我对刘桂隆说了这件事。她告诉我说：

"您问我年龄的时候，我告诉您是 19 岁，对吧？"

接着她又苦笑着说道：

"实际上，那时我是 23 岁，可我跟您说的是 19 岁吧？明年要是有人问我年纪，说不准我还是说 19 岁呢。"

然后，她告诫我以后不要再去那种地方了。当我说到那个女人的时候，她自言自语道：

"明年我也 24 岁了。"

说完，她若有所思地沉默了一会儿。突然，又很开心地对我说：

"今天您请我吃芙蓉鸡片吧。好不好？"

她是一个贫贱人家的女孩。对于她来说，一盘芙蓉鸡片大概是她所知道的世上最美味的佳肴了。

紫丁香花开过之后，就是柳絮纷飞的季节了。滚成圆球的柳絮，就如同一只只可爱的小白猫，纠缠在行人的脚边。没多久，中央公园、崇效寺的牡丹花开了，北平图书馆前面的芍药花也依次开放了……大自然暗换华服，不知不觉之间，夏天来了。

在与我家后院相连接的"垂花门"上，贴着一副对联：

"风送鸟声来小苑；日移花影上重门。"

这副对子所描绘的，显然是春天的景象。可"花影"这个应时应景的词语，实际上是一年四季都适用的。所以，每当季节转换之际，我就会望着这副对联，入神地若有所思。

我原以为刘桂隆是不可能离开泰和餐馆半步的。可那天不知刮的什么风，她竟然跟着我跑到了廊坊头条一家叫作"饮春园"的茶社。我们坐在幽静的店堂里，喝着茶，开心地聊起了天。

"你真是个狡猾的人啊。你要是早跟店里的老板说一声，我不老早就跟你出来了？何至于到现在呢？"

"女招待"一般来说都不是什么好人家的孩子。这一点我是知道的。但我在认识她的当初，还是忍住了，没有勾引她。她刚才针对我说的那句"狡猾的人"，实际上是话里有话的。我理解她的意思，大概是说我约她出来虽然晚些，但总算还是明白过来了。也是啊，我都已经与她交往半年多了，直到现在才单独见面聊天。但遗憾的是，这半年来我所经历的微妙的心路历程，她是不可能懂的。

翻阅日记，我看到这是发生在七月一号的事情。二号约了在德国饭店吃晚饭，三号去哈尔飞大戏院看戏，四号在北海的仿膳晚餐，五号在新新大戏院观看蓓蕾剧社演出的曹禺的《日出》。隔了一天，就传来了"七七事变"的炮声。

"七七事变"发生后的数天之内，一会儿停战，一会儿战事又扩大。战事的消息忽悲忽喜，北京城内百姓的惶恐也日益加深。旅居北京的日本人当中，有很大一部分都撤回国了。七月二十七日，由日侨的民间组织发布号令，我们进入了交民巷避难。

真是奇怪，天上的雨水像断了线的珠子，一直下个不停。我站在避难地正金银行的院子里，凝望着雨中开放的美人蕉，景山书局的曹青年、杨小姐、姚文培、刘桂隆，还有那个在大旅社见过的患病的妓女，所有人的面孔不停地在我的面前闪过，一种深深的困惑始终萦绕在我的脑海里，我真的不知道该如何应对眼前的局面。

深巷杂谈

　　鲁迅在《朝花夕拾》一书中，收入了一篇题为"五猖会"的短篇随笔文章，叙述了鲁迅少年时期被父亲强迫着背诵《鉴略》[①]而深感痛苦的往事。读着鲁迅的这篇文章，我也感同身受，想起了自己从小学一二年级起，就被迫素读[②]《四书》《十八史略》《小学》等文章的痛苦经历。

　　我的外祖父家在麴町的平河街道，自从他的长兄桥本左内[③]在安政监狱被判处死刑后，就世代从医，日常生活也都醉心于西洋方

---

① 《鉴略》：又称《五字鉴》，明代李廷机根据中国古代史资料所撰。数百年来都是儿童的启蒙读物。
② 素读：是日本人对我国古代私塾教学方式的定义。指不追求深入理解，只是将其反复诵读、烂熟于心，从而达到夯实文化根基的目的。
③ 桥本左内（1834—1859）：日本江户时代末期的志士、思想家。1859年10月7日，在江户的安政大狱被处极刑。

式。可汉学素养作为修身养性的一种标志，同样也是世代相传的。他家每周有六天的菜谱是西式的，唯有周六吃日本菜。并且，每周六的晚上，必定会邀上三五个好友，来家里吟诗作乐。

每个周六，在外祖父的诗会上，竹添进一郎①肯定是不会缺席的。他应外祖父邀请，前来作点评指导。当时，井井隐居在小田原十字町。那天他特意进城，在外祖父家做健康检查，顺便吃晚餐，参加诗会。他的爱女——嘉纳治五郎②夫人总是陪伴在他的身边。

那天晚饭前后，我必须恭恭敬敬地坐在竹添先生面前，听他给我上素读汉籍文章的课。桌子上的书是朝着我这边翻开的，竹添先生虽然是反方向，但并不妨碍他阅读。先生的手里拿着根筷子，我就随着筷子指向的文字，跟着他诵读。有时，先生咳嗽了，筷子就会停在一个地方，往往会在一个字上"咯噔咯噔"地敲许久。这时，我就会抬起头，望着先生的脸，一直等到他咳嗽完。

"竹添先生得的是肺病。不过，人老了，病灶钙化了，不会传染的。"

家里人是这么对我说的。说来也奇怪，当时，我对竹添先生的肺病竟一点也没有感到害怕。自然，那个时候我不知道竹添先生曾著有《栈云峡雨日记》一书，而且还正在孜孜不倦地给《左传》作注释。我只知道端坐在先生面前，大声地朗读那本棕色的后藤点③读本，感觉特别枯燥无味，就连脚都抽筋了，真是痛苦万分。但又

---

① 竹添进一郎（1842—1917）：日本外交官、汉学家。世人多称"井井"。
② 嘉纳治五郎（1860—1938）：神户人，日本教育家，日本现代柔道的创始人。
③ 后藤点：日本汉文训读法之一。是由高松藩的儒者后藤芝山对《四书五经》所加的训点，亦是日本江户时代最为流行的一种汉文读本。

没有办法。

我上小学的时候，在书写长音时，用的是"—"符号。例如，"キョウ"是写成"キョ—"的，"ロウ"是写成"ロ—"的。到我上学后的第二年，这种书写的方法才废止。对于这样的一个变化，当时我并没有感觉到什么不适应，就是按照学校老师教的，囫囵吞枣罢了。可是，汉籍素读时，我对于"囫囵吞枣"的抗拒却特别强烈。那大概是我从心底里感到不平的缘故吧。我总是在想：为什么别人家的孩子不这么倒霉，只有我一个人必须背负这样的苦难修行？明治四十二年（1909）的时候，我的外祖父去世了。我也暂时从这苦难的"修行"中解脱了出来。可好景不长，家长很快又给我请了一位家住在市谷加贺町的汉学老师。这回，我得去老师家里上课。这位老师就连《四书》的朱批都熟烂于心，但教我时，却并不像竹添先生那样"一泻千里"。他的教学，是循序渐进的。不过，依然是枯燥无味的。此外，又多了一个麻烦。这位先生特别崇拜孔子，言必称"孔夫子"。只要涉及孔教这个话题，他必是滔滔不绝、没完没了。对此，我也十分反感。

有时，我会克制住内心的郁闷，问先生道：

"这么说，人人都必须按照孔夫子说的话去做咯？"

"理所当然。"

汉学老师只用这么一个词语就把我的疑问顶了回去。可是，为什么是"理所当然"呢？他根本就不屑向我解释。我耳朵里听着先生那句"理所当然"，心里却坚信：人生在世，肯定也是可以不按照孔夫子说的话去做的。

我上中学以后，生活的环境一下子就发生了很大变化。一直在东京担任军职的父亲，升任久留米骑兵联队队长，去了很远的久留米上任。这样一来，我就只好寄居到位于浅草左卫门町的姑妈家里了。从那之后，我在姑妈家一住就是五年。可以说，左卫门町的五年，在许多方面都对我产生了很大的影响。

左卫门町的姑妈家，是一栋特别奇怪的宅子。这条街道，原本是酒井氏①的府邸。虽说现在分成了十多个门牌号码，可在明治至大正年间，整条街道只有一户人家，是不设门牌号码的。姑妈的公公曾是明治初年新治县②的县令，他买下了当时荒若废墟的这块土地，并以北边的一个大池塘为中心，修建了自家的宅邸。后来，姑妈的公公、婆婆相继去世。姑父也英年早逝，姑妈成了寡妇。表兄顺理成章地继承了那片辽阔的土地与庞大的房产。不幸的是，我的表兄在读高中时患了伤寒病，暴病而亡。自那之后，姑妈在女佣的照料下，一直独自一人生活在那处宅子里。

家人之所以将我寄居到姑妈家，主要是出于两方面的考虑：一是为了陪伴孤寂的姑妈，二是能够得到已故表兄的中学时代的朋友、当时在东大法学系读书的S君学业上的辅导。姑妈家原本都是女人，如今，突然来了一个大学生和一个中学生，家里的人气顿时增加了许多。S君住在大门一侧的以前作为值班室的门房里，而我则住在院墙外面库房二楼一间八个榻榻米大小的房间里。库房是一栋四间连排的建筑，我住在最西边的那一间。

---

① 酒井氏：日本著名的氏族之一，古代三河国的领主。德川政权时期成为世袭大名的氏族。

② 新治县：1871—1875 年存在于日本太平洋沿岸的一个县，位于现在的茨城县南部、千叶县东部，县政府所在地为土浦。

我房间的窗户边放着一张书桌，窗户下面是一堵高耸的石墙。石墙对面是一条狭窄的巷子，正对着常盘津①师傅的住所。我坐在书桌旁，常盘津排练场尽收眼底。出入排练场所的姑娘们的身影，也都一览无余。

在东京"下町"的中央地段，有这么一处庞大的住宅，这要是放到今天，恐怕是连想都不敢想的。但在当时，并不是什么稀奇的事情。在距离我姑妈家不远的地方，就有肥前②的松浦③的豪华宅邸。再往前一点，在美仓桥大街的对面、市村座附近，还有对马④的领主宗家的府邸。松浦家也好，宗家也好，都是那里的老住户。与之相比，酒井氏的宅基地上都是新盖的房屋，原来的建筑物早已没了踪影。尽管如此，姑妈家院子里的池塘，还是保持了大名宅邸的原样。

眺望池畔，还一如当年，风光如画。沿池塘边，建有回廊式的院子。池塘上架着一座小桥，将水面分成不对称的两部分，一边宽阔些，一边狭窄些。宽阔的这一边，修建了一座水榭，四周是郁郁葱葱的树木，营造出一种静谧的氛围。我喜欢拿着单词本子，独自一人依凭着水榭的栏杆，背诵汉语单词。栏杆之下是清澈的池水，锦鲤沉浮其间。我总是呆呆地凝望那些飘然而至又悄然离去的锦鲤，而每每把背诵单词这件事丢到了脑后。

站在水榭的亭子里，放眼望去，面前的池水中央是一座小岛。

---

① 常盘津：日本戏剧净琉璃的一个门派。
② 肥前：日本古代的国名。
③ 松浦：肥前国的大名。
④ 对马：位于日本九州北部玄界滩的属于长崎县的岛屿。

隔着小岛，能够看到对面的廊檐上拉门闪动的亮光。而那座用岩石堆成的小岛上，芦苇丛生。虽说看上去是一派荒芜的景象，可成群的野鸟不时起落，发出一阵阵尖利的啼叫声，倒也显得十分热闹。可以说，唯有旧时的东京，人们才能在"下町"领略到如此别样的风情。

从仓库的窗口能够饱览常盘津演习的全貌，实在是正中下怀。我从二楼望下去，只见格子门里挂着大灯笼。夏天的时候，他们的窗台上摆放着石菖蒲的盆栽。常盘津的师傅年纪大概三十四五岁的样子，给人十分干练的感觉。去那里练习的姑娘们，就像商量好了似的，全都穿着围裙，一只手拎着装有排练剧本的布包袱，鱼贯从格子门的大灯笼下面穿过，进入房间里面坐下来。我看着这样的风景，真是开心得不知该说什么才好。排练结束，姑娘们回去的时候，就都聚到格子门旁边。这时，会有人突然抬头向上看一眼。我想，肯定是有姑娘注意到了正在那里呆呆朝下张望的我。当然，也有些姑娘并没有留意到我的存在。不知不觉中，我也记住了常盘津的一些台词。并且，通过查阅词典，渐渐地也能吟诵了。

我住的房屋的后面是福井小学。在房屋后墙与小学之间，有一座很小的"稻荷祠"。在酒井氏时期，这座小祠堂是在院子里的。后来拓宽道路时，把它规划到了院子的外边。虽说这是一座规模很小的祠堂，但每年也都要举行祭祀活动。每当举行祭祀活动的时候，町里的孩子们就会抬着"樽神舆"涌进祠堂的大门，闹哄哄的。每逢此时，我从二楼窗户都能看到练习常盘津的那些姑娘们正在兴致勃勃地看着孩子们哄闹。可是，我并没有遇见过那些在格子门口与我目光相遇而惊慌失措的姑娘们。对于那些面无表情、若无其事地离开排练场所的姑娘们，我的内心别提有多失望了。

那个町是帽子的产地。我记得其中有一个姑娘是帽子店老板的女儿，皮肤略黑，一对大眼睛炯炯有神。我不知怎么就喜欢上了她，可人家根本就不搭理我。每次排练一结束，她就立刻起身离去，我连一点接近她的机会都没有。惹得我心里慌慌的，如坐针毡一般。

她的名字叫日佐，是浅草桥女子中学一年级的学生。我也是中学一年级的学生，可她看上去要比我成熟多了，所以，我特别想与她交往。

我每天上学的路径，原本是横穿过美仓桥大街，从佐久间町进入御成街道，再由钟楼附近走到讲武所，越过昌平桥，到达位于淡路町的我就读的中学。但是，我走出家门后，总是情不自禁地特意绕远道，从日佐家店铺的门前经过，再上美仓桥大街。放学的时候，虽然总是要与两三个好友一起，去市村座、柳盛座①等地方看广告画，在街角上入神地看老爷爷捏糯米人、花鸟，耽搁不少时间。但每当走到柳北小学旁边的竹屋附近时，我还是不忘绕一段路，去日佐家店铺前面看一看。不过，尽管我这么勤快地往她家店里跑，却从来都没有在店里看到过她的影子，只看见店里的工人们站在操作台旁麻溜地干活的身影。尽管如此，我还是天天乐此不疲。

仓库的二楼是我一个人的天地。所以，在这里不管做什么，都不用担心受到别人的干扰。姑妈以为把我关在了二楼上，我就一定会好好学习了，所以也就放下了心。这样，我才能够利用这个机会，想看什么书就看什么书。而用更多的时间与精力，悉心关注窗

---

① 市村座、柳盛座：旧时日本剧场的名称。

外的风景。在柳盛座的前面，有一间很小的古旧书店，店名叫作"土田"。从那家书店购买的森鸥外^①的《水沫集》，早已夺去了我的魂魄。在这本集子中，有一篇名叫《舞姬》的小说，我反反复复读了无数遍，其中有些段落甚至熟烂于心。我透过仓库的窗户，探首仰望碧蓝的天空。在那美妙的苍穹之上，暗自描绘爱丽丝^②的面影，却将老师布置的作业稀里糊涂地应付过去。

S君很烦人。他是大学生，负责监督与指导我的学习。所以，他总是跑到楼上来检查我。只要发现我有一点儿偷懒，他就会马上训斥我一番。这样一来，我只要一听到楼梯上响起他的脚步声，就连忙翻开教科书，而将正在读的小说之类的书籍藏到桌子底下。他是个特别喜欢读书的人，就不停地从图书馆借来各种学习资料，推荐给我。有个叫泽田正二郎的，与我那已经去世的堂兄与S君是中学时期的同学。由于这样或者那样的关系，经常有新剧的演员来S君这里玩。现在我还能记得的人当中，有个叫作宫嶋资夫的青年演员。S君与他很熟，平时总给我讲他的情况。因而，他来这里玩的时候，我就特别兴奋，总是盯着他的脸仔细端详。可我怎么看都是个朴实稳重的人，并不像S君平时所说的那种好色之徒。

我们虽说是居住在"下町"地区，可姑妈来往的那些朋友却都是东京"山手"地区的人。我还记得，当时与姑妈交往比较多的有坂本钗之助、有嶋武、尺秀三郎等人。这些人都看起来很威严。我

---

① 森鸥外（1862—1922）：本名森林太郎，号鸥外，日本明治至大正年间小说家、评论家、翻译家、医学家、军医、官僚。森鸥外是日本第二次世界大战以前与夏目漱石齐名的文豪。

② 爱丽丝：森鸥外小说《舞姬》中的女主人公。

那姑妈也不是寻常人，每年的桃花节[1]，她都会特意去麹街善谷寺的"丰嶋堂"购买白酒，衣服则要去当时"山手"地区很有名的"吴服屋"定制。由此可见，姑妈的生活品位，一直坚守着东京"山手"地区的人们的习惯。

在这样的氛围中，S君就日渐露出了怯色。他是海军兵曹的遗孤，出生于相州小坪。父亲死后，母亲在逗子[2]的养神亭打工，将他养育成人。S君初中也好、高中也好，学习成绩都是一流的。后来，获得了岩崎奖学金，就读于东京大学政治系。他是个精明的"唐璜"，平日里，他的口头禅是："被酒与女人弄得身败名裂者，实属笨蛋。而能在酒与女人中游刃有余，且又事业有成者，方是真豪杰。"他不只是嘴上说说，事实上也是这么做的。

他不用自己出生活费，所以，奖学金的大头就可以自己来支配了——不用说，都是花在了酒与女人上了。我那时还是个初中一年级的学生，可他经常带我去茅町的露天店，站在杂煮店的摊子前，教我就着杂煮喝烫热的酒。就这样，在他不断的熏染之下，我竟然神不知鬼不觉地把附近的露天店与酒馆都记了个烂熟。我知道，在名叫"水新"的水果店与名叫"须原屋"的书店之间，有家杂煮店，味道是最好的。转过浅草桥旁边那家"阿部彦"五金店的墙角，往柳桥方向走，有家小酒馆。虽说不是露天店，却也是适合喝一杯的去处，而且小菜也很便宜。

---

[1] 桃花节：即日本每年三月三日的女儿节。
[2] 逗子：日本的地名。

过了浅草桥，在通往药研崛大街的转角处，开了家木村庄八[①]老家的牛肉店，店名叫作"伊吕波"。在这家"伊吕波"的斜对面，也是一家牛肉店，店名叫"今清"。S君经常出入于"今清"牛肉店。因为在这家牛肉店里，有个叫"阿荣"的胖乎乎的圆脸女佣。不知什么时候，S君与阿荣好上了。

"麻烦你，帮我送封信。"

有好几次，S君这样使唤我。我也只好往阿荣那里跑，为他送约会的信。当着我家里人的面，他不能给阿荣打电话，就只好收买我帮他跑腿了。

姑妈家里虽说平时使唤着几个女佣，但由于房子实在太大了，还是有些忙不过来。这些女佣住着两间八个榻榻米大的房间，也还宽敞。她们住房的窗户，正好朝着我的住处。所以，我要是走到房间南面的窗户边朝下看的话，一览无余的就不是常盘津的排练所了，而是女佣们的房间。

我姑妈家还有一处单独的仓房。仓房旁边，有一间大约只有三个榻榻米大的小房间，里面为女佣们安放了一张梳妆台和两只装衣服的柜子。家里人都戏称那个房间为"化妆间"。

S君总是喜欢往那个"化妆间"跑，与女佣们说笑打趣。女佣当中有一个出生于小见川的叫"阿菊"的女孩，年纪大约20岁。她有个伯父在菊屋桥开着一家旧货店，阿菊是通过她伯父的介绍来姑妈家打工的。说起来，这个阿菊倒也不是什么绝世佳人，可她身材窈窕、目光温和、肤色也如同美玉一样洁白无瑕。S君对阿菊表现出了

---

① 木村庄八（1893—1958）：日本西洋画家、随笔家、版画家。

非同寻常的热情。而阿菊是打杂的女佣，行动不自由。看得出来，她身上穿的衣服虽然很普通，但在穿着打扮上很用心思。

一天晚上，我在回二楼仓库住处的途中走过"化妆间"，黑暗的夜色中，我似乎听到有人在轻声细语。我带着极大的好奇心，停下脚步，侧耳倾听起来。在轻轻的谈话声中，还夹杂着笑声。我能听得出来，那是阿菊的笑声，而窃窃私语的声音，准是 S 君。可他到底说了什么我无法听清。不过，我还听到了他们相互拉扯的声音，是扯动衣衫的声响。事情发展到这一步，我呆住了。而且，就在那一瞬间，我的身体开始颤抖起来，双颚也抖个不停。在这个漆黑的夜里，我身边正在发生着什么事情？！其实，我心里多少是明白的。此时此刻，我不由自主地想到了今清牛肉店的阿荣，突然有些为她感到悲哀。

那天晚上，我回到二楼仓库的房间里，由于受到的刺激太强烈，怎么也无法入睡。一直到黎明时分，我才迷迷糊糊地睡着了。大概只睡了三四个小时，便又耷拉着沉重的脑袋，坐到了主屋的餐桌旁。

"早上好！"

迎面而来的阿菊，一边跟我打着招呼，脸上笑盈盈的。我看了她一眼，真是气不打一处来。我生了一会儿气，心里又开始同情起她来了。这一同情不要紧，我又忍不住"吧嗒吧嗒"地掉下了眼泪。为什么要哭呢？就连我自己也弄不清原因。

"哎呀，您这是怎么啦？"

站在一旁的阿菊看见了，十分担心地问道。

"都是你们干的好事！"

我气冲冲地丢下这句话，早饭都没吃，就飞也似的向学校跑去。

"对不起，拜托！"

那之后，S还是一如既往地让我帮他往今清牛肉馆传递书信。走在路上，我忍不住想：S这家伙，也是用同样的手段来对待阿荣的吗？想到这里，心情一下子就暗淡了下来。

然而，S并没有露出什么异常的神色，一如往常说着阿荣长、阿荣短的。

"暑假里，我要回小坪住一阵子。我打算让阿荣住到镰仓的角庄，然后再一起出去玩儿。"

S兴致勃勃地对我说道。角庄是位于鹤冈八幡前的一家旅社。之前，有新闻媒体报道，这家旅社里曾经发现过一只嘴里叼着老鼠的猫的僵尸。我也因此知道了这家旅社。被S带到角庄旅社过夜的，除了阿荣之外，还有几个女孩子。当然，阿菊也是其中的一员。S对我挺信任的，所以，平时什么事情都喜欢跟我唠叨。他干的这些勾当会对我产生什么样的不良影响，对于这一点，他似乎从来就没有考虑过。

令我百思不得其解的是，原本并不漂亮的阿菊，自从与S有了那层关系之后，看上去倒越来越像个美人了。这并不只是我一个人的感觉，大伙都这么说，而且都对她赞不绝口。

"阿菊走在大街上，回头率越来越高了。现在真的变成美人了。"

其他的女佣们也都这么说，脸上露出羡慕的神色。

对于那些总来常盘津排练的女孩子们，我也都打听到了她们的底细。虽说有时也会有些新面孔，但用不了多久，我就会知道她们是谁家的女孩。而日佐还是一如既往，并不抬头看一眼始终在二楼窗户里注视她的我。我清楚地知道，自己对日佐的喜欢，是无法自拔的；我还总是一厢情愿地将"化妆间"里发生的 S 与阿菊的风流艳事的主角暗换成我与日佐。久而久之，似乎成了一种虚幻的梦想。

"像 S 这样的优等生，怎么就一点儿约束都没有呢？"

这样的疑问，总是在我幼稚的脑袋里不停地出现。不过，我虽然解不开这个疑团，但还是很清醒的——我知道，学习成绩好坏与好色之间并没有必然的联系。S 这样玩世不恭，令我感到非常寒心。他如此放浪形骸，后来以优异的成绩从东京大学毕业，而将曾经与自己有过恋情的所有女人抛弃得一干二净，最终与一位实业家的女儿结婚，从某某郡长开始干起，继而当上了某某书记官，又升任为书记官长。听说，他后来又成了某某总裁，可谓是平步青云、一路飙升。

就在我初中入学考试的前夕，发生了轰动一时的"西门子事件"[1]。我至今还记得小学时代读过两则新闻报道，一是托尔斯泰的失踪，二是哈雷彗星的出现。"西门子事件"是后来发生的事情，大概情况我还是记得的。虽说贪腐现象历来有之，但自我记事以来，直面身边的贪腐事件，这还是第一次。类似这样的事情，揭露出来了，就是大事情。要是没有揭露出来的话，不也就那么悄悄过去了？如此一来，我对这个世道产生了一种恐惧感。并且，立即就将这样的恐惧感与 S 的所作所为联系了起来。阿荣、阿菊，还有已经被我忘记了名字的新潟的女子、代地牛奶馆的女孩……仅我所知道的就

---

① "西门子事件"：指 1914 年德国西门子公司贿赂日本海军高官事件。当时日本的山本权兵卫内阁全体辞职，以示负责。

有这么多女人，而我不知道的还有多少呢？实在是不得而知。S对于这么多与自己有染的女子都不闻不问，却还能得到众多好评，出任政府的官员。

前些日子，有个偶然的机会，我去姑妈的旧居看了看。在河岸的旁边，修建了国铁的高架。在岩田医院附近，建起了钢化玻璃的仓库。原来日佐居住的地方，盖了一家商会会馆。而我当时起居的仓库附近，已经变成了一条宽阔的马路。虽说才过了40多年，可这一带再也找不到我熟悉的东西了。如果说，女人之于男人，男人之于女人，都只是一种"消耗品"的话，那么，或许S的这种处世态度倒是聪明的。

古来长安一片月

　　有生以来，我还是第一次尝试着写戏剧剧本。说起来，这也并不是我醉酒之后的荒唐之举。实在是因为很久以前，久保田万太郎先生提议让我把森鸥外的小说故事《鱼玄机》改编成一个演出剧本。我喜欢看戏不假，可要让我写剧本，却并不是一件容易的事情，真是愁得我不行。去年冬天，写剧本这件事情又有了更加具体的要求——让我编写一部供新生新派剧团演出用的戏曲剧本。这回我真的陷入了窘境，再也找不到退路了。所以，就决定把《鱼玄机》改编成剧本。

　　让我写剧本，实在是件不合适的事情。因为要写一部能够在戏台上演出的剧本，必须考虑许多问题。这对我来说很难。可事情到了这一步，已经没有退路了——咬咬牙，写吧！我开始绞尽脑汁地构思戏剧人物与场景。首先要弄清楚的是，森鸥外在写这部小说时，采用了多少真实的历史资料，虚构成分占有多大的比例，又在多大程度上偏离了史实？也就是说，要使剧本尽量尊重原作，必须充分考虑原作是依据历史史实写作的，还是抛开历史史实虚构的，等等这些具体细节。

所幸森鸥外在《鱼玄机》这部小说的末尾，开列了一张引用文献一览表。从表上所列的资料看，涉及鱼玄机的文献资料有十种，涉及温庭筠的资料有十八种。于是，我就将这些文献资料与森鸥外的《鱼玄机》一一对照。在这个过程中，我不由得暗自吃惊：森鸥外的小说居然没有一点虚构的成分。他在小说中叙说的每一个细节，在文献资料上都是有出处的。

森鸥外在写这部小说时，考虑到便于读者理解，增加了一些细节描写，但没有一处是自己虚构的。就这一点而言，我认为，森鸥外是将这部小说当成鱼玄机的传记来写的。

我在查阅这些文献资料时还了解到，森鸥外写这部小说，可谓艰辛备至。例如，温庭筠与鱼玄机的年龄问题，都是分别进行考证的。当然，他不可能在小说中描写自己考证的过程，但他必须在脑子里反复考证与推断，才能在小说作品中运用这个结果。这虽然是一部短篇小说作品，森鸥外在写作时却费尽了心血。他把那些支离破碎的资料消化、归纳，最终写成了极其短小简约又十分精彩的文学作品。读者要是粗略阅读这篇小说的话，大概也就只会留下个作品语言风趣的印象吧。但是，如果认真地熟读玩味的话，就会发现，《鱼玄机》是在大量凌乱的材料中，经过作者冷峻筛选，最终以极其简约的形式写成的文学作品。读者在阅读这篇小说时，必须十分用心地去体察作者的意图，才能真正理解作品的内在含义。由此，我们可以得出这样一个结论：这篇小说作品的构思实在是难得的巧妙。

在这篇小说中，作者丝毫没有涉及人物的心理活动，也没有对此做任何说明，这就要求读者阅读时，充分发挥自己的理解能力。也就是说，小说《鱼玄机》留给了读者众多难题。读者在阅读的过程中，必须解答这些难题；能够得出什么样的答案，又是因人而异。有的读者会理解得深一些，有的读者可能理解得浅一些。当然，这种现象并不只限于《鱼玄机》，在阅读理解其他任何文学作品的时候，都会遇到同样的问题，只是《鱼玄机》这篇小说更加特别一些罢了。我前面说到的"作品的构思实在是难得的巧妙"，说的就是这个意思。

鱼玄机是个久居深闺的姑娘。可自从她进入道观开始修行，反而启发了她俗家女儿时未能体味到的肉体的乐趣，进而沦落为色欲的奴隶。作者将玄机的同性恋故事的发展，作为一个重要的伏笔，贯穿于作品的始终。这是谁都看得明白的。因此，从一般的常识来讲，作者应该更多地着墨于这个同性恋故事，尤其是后来玄机的同性恋对象放弃了她，而与某个手艺人私奔。可是，对于这样的一个重要故事线索，森鸥外只是用数行的篇幅一笔带过。读者要是阅读不那么仔细的话，甚至都可能疏忽了这个情节。也许，正是在这个情节当中，暗藏了作者讥讽世事的难解之谜。

小说中的这些故事情节，说到底，作者是要让读者自己去找答案的。如今，我要将它改编成戏曲剧本，就得将答案写出来交给观众。这可不是一件容易的事情。

我在构思这个剧本时，首先做了一个整体的规划，大致分为六个场景。

鱼玄机是娼妓家的女儿，并且是个诗名很高的美人。后来，她成了长安名家李亿的小妾。为了表现鱼玄机与她的老师温庭筠的关系，我设计的第一幕为《温庭筠的书斋》，第二幕为《鱼家的夜晚》。尤其是第二幕，描绘了长安娼妓家的情景，尽力表现鱼玄机成长的环境。可上演后发现，将第一幕与第二幕合并起来似乎更好。也就是说，如果是温庭筠陪着李亿去的鱼家，则第一幕就完全是多余的。我之所以会设置第一幕，是因为在森鸥外的原作中有这样的一段话："温庭筠的书桌上放着一份玄机的诗稿。李亿看到后称道不已，遂向温庭筠打听鱼玄机。飞卿告知，那是一个自己从三年前就开始教授诗词的花一样的少女。听完温庭筠的话，李亿仔细打听了鱼家的地址。然后，若有所思地匆匆离座告辞。"森鸥外写的这段话，有一种特别的魅力吸引着我。我以为，如果将第一幕与第二幕合并起来的话，原作的这种意蕴也就不复存在了。但要是省略掉这一节的话，故事情节也不会受到什么影响。说实话，这还是大谷松竹社长的主意。简直就是神来之笔，令我钦佩不已。

　　第三幕是《李亿的林亭》。在这一幕中，我想给鱼玄机的悲剧留下一个伏笔。而且，故事的情节也是颇有趣味的。在处理这一幕时，我的理解是：鱼玄机作为一个女人，实际上还有许多不成熟的地方。比如她缺乏应对复杂世事的能力，总是处于一种惶恐不安的状态。所以，她毅然决然出家做了女道士。出于这样的想法，我设置了《李亿的林亭》这一幕。也就是说，我在这里首先留下了一个伏笔，暗示观众：害怕知道真相的鱼玄机，将在即将暴露的真相面前陷入绝望的深渊。

　　第四幕是围绕《咸宜观客厅》展开的。在这一幕中，两个滑稽的女道士用狂言①的形式，叙述了鱼玄机成为女道士后沦为色奴的过程。我是根据皮黄戏中"丑角"的思路，设置的滑稽角色。同时，在这一幕中，我还加入了鱼玄机与乐人陈某的恋爱情节。

鱼玄机犯下杀人罪行的过程，我是在第五幕《鱼玄机的私室》中集中表现的。一开始，我还有些担心，如果乐人陈某与绿翘的关系也写在这一幕中，可能会遭到观众的非议。但从演出的效果来看，这种担心其实是多余的。这样，我心里的一块石头才算落了地。我觉得，这一幕戏之所以受到观众的欢迎，也许是感情戏分量最重的原因吧。

第六幕《咸宜观门前的路》，源自森鸥外的原作，描写鱼玄机被处以刑罚的过程。舞台表演的时间虽然很短，但这是故事的结局，也是全剧的高潮。

该剧从第一幕到第六幕，故事情节一气呵成，完全是按照中国戏剧的表现方式，着重于戏剧场景的变化。这就给有些观众留下了片面追求故事情节的印象。但我写作的过程中，并非刻意追求戏剧的故事性，反而更多是在精简故事情节上下功夫。我利用《鱼玄机》这部短篇小说素材，在改编戏剧剧本时，尽量赋予它丰富的内涵。

我通过戏剧剧本的形式，给森鸥外的小说作品交了一份"答卷"。但我并不知道出题人会给我打多少分。如果出题人森鸥外还活着的话，或许他会批评说：你的阐释，这里和这里都是错误的。最终可能会给我打个不及格的分数。当然，我之所以这样阐释他的原

---

① 狂言：日本一种兴起于民间、穿插于能剧剧目之间表演的即兴简短的笑剧，是猿乐能与田乐能的派生物。狂言与能一样，同属于日本四大古典戏剧。

作，也是有我的道理的。总之，我是第一次尝试写戏剧剧本。在改编这个剧本时，我做到了尽量尊重原作，同时，还兼顾了戏剧演出的效果。我就是抱着这样的心态，来回答森鸥外先生的问卷的。而他老人家所出的题目又不是普通的题目，全都是难题。所以，我只有一个祈求，那就是请诸位千万不要给我打不及格。

初读宋诗

年少之时，我初晓宋诗，还真不是从苏东坡、王安石、黄庭坚等人的诗作开始的。而是来自文化九年（1812）刊印的《真山民[1]诗集》，以及后来的和刻本《陆放翁诗抄》。

这是与我儿时的学习相关联的。标注过"句读训点"的《真山民诗集》，最主要的是便于阅读。如今，再读这些书籍时，虽说会觉得有许多不准确的地方，可在当时，这是我唯一可以利用的教科书。我曾经在学校里听过约翰·诺布奇关于华兹华斯[2]研究的讲座。真山民与华兹华斯立刻就在我白纸一般的脑子里结合到了一起。不过，与其说我是在华兹华斯的身上发现了真山民，还不如说，我是在真山民的身上发现了华兹华斯的影子。这也最令我感到欣喜的。

---

[1] 真山民：括苍（今浙江丽水）人，宋代诗人。

[2] 华兹华斯（1770—1850）：英国浪漫主义诗人。

我是这位 18 世纪英国大诗人的崇拜者。不过，这并不意味着我就读过他的《序曲》《远游》等名篇大作。充其量也只是听过约翰·诺布奇关于《致郭公》《孤寂的收获者》等作品的讲座。我听这些讲座特别用心，不会走神。

　　就这样，真山民在我的心目中，十分自然地与华兹华斯紧密融合在了一起。现在想起来，那种年轻时期的幻觉，或许确有可哂可怜之处。不过，那也算是我在那值得怀念的时期，留下的值得怀念的记忆的一部分吧。

　　我得到《陆放翁诗抄》的过程，与读《真山民诗集》的机缘大致相同。这里还另有一个故事。当年，在我外祖父家书斋的书架上，除了数量众多的德国医学书籍之外，还夹杂着一部分汉籍，其中就有《剑南文集》《剑南诗稿》等。我听说过陆游与秦桧之间的深仇大恨，所以，当在旧书店里看到《宋十四名家集》的时候，我便情不自禁地买下了《陆放翁诗抄》一册。

　　现在回忆起来，我曾经有一个时期特别痴迷于苏轼的诗作。虽说当时我还很年轻，但终归也是一个成年人了。不知为什么，我总能够从苏轼的身上，真切地感受到中国人独特的风格。当然，能够使我感受到中国人独特风格的，还有一个人，他就是清代的袁枚。说起来，苏轼与袁枚是气质完全不同的两种诗人，但这并不影响我去领略他们作为中国诗人的独特风格。我想，也许是因为苏轼的高雅与袁枚的世俗，构成了中国人精神世界的两个不同侧面，给我留下了特别鲜明的印象吧。

　　很遗憾，我现在手头没有资料，不能引用其他人的观点来证实我的说法。但我还记得，小西甚一①曾经写过一篇论文，很有兴致地讨论了日本《玉叶集》②中诗人们的作品。他认为，其中许多巧妙的构思，都能够在宋诗里找到出处。这是我很早以前读到的，具体内容现在已经记不清楚了。不过，我大致还记得，他的论文主要是从引经据典、选词用词等方面，介绍了宋诗的特色与韵律。

但是，假设《玉叶集》的诗人们的确受到过宋诗的影响，那也该是在"西昆体"③出现之后的事情吧？诚如小西先生所指出的那样，"西昆体"之前，诗词的辞藻很艳丽；而那之后，一改艳词丽曲的色彩，给人以清丽淡雅的情趣。

对于我来说，苏轼就是一位趣味盎然的诗人。面对这样一位诗人，你怎么可以不去爱他？而且，我爱的并不只是苏轼一人。可以这样说，对于宋诗的每一个章节，我都心存如此深重的爱意。

---

① 小西甚一（1915—2007）：日本文学家、比较文学家。

② 《玉叶集》：日本镰仓时代后期的敕撰和歌集，收入和歌数约2800首，是日本敕撰和歌集当中收入和歌数量最多的一个集子。

③ "西昆体"：宋初诗坛上声势最盛的一个诗歌流派，因《西昆酬唱集》而得名。《西昆酬唱集》是以杨亿为首的17位宋初馆阁文臣互相唱和、点缀升平的诗歌总集，其诗人中成就较高的有杨亿、刘筠、钱惟演。"西昆体"追求辞藻华丽、对仗工整，思想内容则较为贫乏。

绿荫深深

　　我对中国的诗歌做过深入的思考。与西欧的诗歌相比较，它的显著特点之一，就是以旅行为题材的作品很多。让我们翻开《昭明文选》来看一看，由于书中收录了潘安仁、谢灵运、颜延年等众多诗人的"旅行诗"，因而，专门分了一类来收录。倘若觉得这样的分类有些牵强，那么，再让我们看看李白、杜甫、韩愈、白居易他们的诗作。以"旅行"为题材的作品，占他们全部作品的比例之大，又是何其惊人。这个现象，在鉴赏中国诗歌时，是值得特别关注的。我想，要是探究根源的话，会触及中国诗歌的实质问题。当然，虽然统称"旅行诗"，但表现的形式也是多种多样的，并非千篇一律。例如，同样都是沉浸在大自然的美景之中，有的是描写山川草木的壮丽景观，有的是抒发自己漂泊于天地间的独孤寂寞之感，还有的则是通过回顾历史，对时光流逝慨叹不已……作者出于自身的喜好及环境因素，采用不同的表达方式。他们写了些什么并不重要，重要的是在以旅行为题材这一点上，他们的想法完全一致。恰如南船北马一般，不同的地区，人情世故也大不相同。旅行中的人们，所见所思也各不相同。他们绞尽脑汁，采用各种不同的方式，借助大自然的风光，将各自的心思一吐为快。旅行的诗歌，能够使读者刻骨铭心的，也无非就是一个"愁"罢了。在读中国古人诗作的过程中，我深深地感悟到了这一点，也可以说这是我最深切的体会。

当然，我现在并不想阐释羁旅诗作的来龙去脉。有生以来从未出过远门的我，利用暑假，第一次独自一人旅行到了九州。在这里，我想说的是这件事情。

回顾那次九州之行，真是一次充满"旅愁"的旅行。并且，那种"旅愁"始终充斥着我的脑海，总有一种不吐不快的感觉。当时，我还是一个中学二年级的学生，何来"旅愁"？独自一人旅行的怯弱感，还有那种难以言喻的期待感，都是无法用语言来表达的。同时，在我的所谓"旅愁"之中，实际上还夹杂着一种心旷神怡的感觉。

我那次旅行的目的地是父亲任职的地方——久留米。说起旅途中的印象，除了记得在门司①买的香蕉特别好吃之外，其他就都记不得了。妈妈到车站来接我，我们乘坐人力车回家。人力车跑得很快，一路上也就没留下什么印象。但奇怪的是，一直压抑着我的独自旅行的怯弱情绪，此时竟然变成了一种愉快的体验——要是再说得具体一点的话，那就是：我到底来到了一个什么样的地方？这个地方又都有些什么东西在等着自己？我沉湎于这样的幻想之中，心

---

① 门司：日本九州地区的地名。

中那块愉悦的领地不知不觉在迅速扩大。

我来到的地方，是位于桝原町的一所寂静的住宅。一条笔直的街道，从一番地一直到五番地①。这条街道看上去像是旧藩时代士族的房屋，大部分的房子都是用土墙围着的。

虽说同样是土围墙，但也与我从小生活的麹街附近的不一样。这里的土墙是光秃秃的，没有任何装饰。而且，许多地方都已经坍塌了。站在街上，院子里的风景能够看得一清二楚。而且，每座房屋的院子都很大，里面栽种着高大的蜜橘树，或是一片片葱绿的蔬菜，在夏日的阳光下呈现出一片绿油油的景象。

我家的房子位于三番目最里面。人力车停下之后，首先映入眼帘的是寺庙般的房屋的大门。沿着石头铺就的台阶走进家门，立时就感觉阴暗了许多。站在房间的檐廊上往外看，院子里是一片炫目的阳光。此番风景，实在令我大吃一惊。这真是一处非同寻常的、宽阔而又有些荒芜的房屋。那么大的一片空地，既有竹林，又有菜地。在菜地的尽头，还生长着七八棵高大的糙叶树。

大树的后面是一片田野，田野的尽头则是一片很大的竹林。越过竹林的顶端，能够看到寺庙的屋顶。寺庙屋顶的远方，便是耸立着的山峰。

"那座寺庙，据说是高山彦九郎②曾经待过的地方。那座山的名字叫高良山。"

---

① 番地：日本街道的门牌号码。一番地至五番地，相当于1—5号。

② 高山彦九郎（1747—1793）：日本上野人，尊王论者，与林子平、蒲生君平并称为"宽政三奇人"。他曾往各地宣扬尊王思想，因愤懑而在久留米自杀。

母亲向我介绍道。

在几近荒芜的房屋周围，还栽种着二十多棵枇杷树。枇杷树宽大叶片的深处，藏着一颗颗透着亮光的枇杷果，令人垂涎欲滴。

"我总觉得，我们这房子让人感到有些不踏实。你看，房间的布置是不是怪怪的？屋里的地面居然还高低不平……"

听母亲这么一说，我也觉得这个家确实有些怪模怪样的。从大门口到起居间，这途中就得上下两次台阶。而餐厅在低处，从起居间到餐厅也得走一段下坡路。最奇怪的，还是最里边的那间六张榻榻米大小的房间。要去那个房间的话，得先打开一扇木门，走过一段下坡道，来到一间只有两张榻榻米大小的房间。进入这个小房间后，又有一扇独门。打开这扇独门继续前行，还是下坡道。走到尽头，就是那间六张榻榻米大小的房间了。房间右边的角落里有个厕所，但只有一个便坑。而右侧的墙壁上，装有一扇双层格子的闭合拉窗。看得出来，这是一个完全与外界隔绝的封闭式的房间。

"据说，这里是用来囚禁疯子的禁闭室。看来，这所房子以前主人的家里一定有过精神失常的人。这个小房间大概是看管疯子的人住的吧。"

母亲情绪低落地对我说了这番话。受母亲情绪的传染，我的心情也变得有些阴郁起来。这么说来，那间奇怪的房间，肯定就是囚禁疯子的禁闭室无疑了。为什么要在家里设置那么一处隔离的场所？为什么要那么戒备森严？种种迹象表明，那都不是供家里人正常使用的房间。所以，那个房间自然是空荡荡的，谁也不会去使用它。

过了些日子，我渐渐地熟悉了自家这奇怪的住宅，并且还对它产生了一种好奇的感觉。于是，带着探险的心情，我把自家的宅邸仔仔细细地检查了一遍。我发现，在这处神秘而奇怪的住宅里，居然还有一处让人感到特别舒适的地方。院子的一侧是一片繁茂的竹林。竹林深处，有一块极小的空地，就像是竹林裂开的一道口子。站在那块空地上，既能看见蔚蓝的天空，又能听到潺潺的流水声。那股泉水流过竹林对面的旱地，又流向远处的山崖。接着从山崖上跌落，灌入崖底的水田。可是，我家里根本没人知道，院子的竹林里还有一块空地。而站在这块空地上，还能听到潺潺的流水声。

"你可别往那些乱七八糟的地方钻，要是被蛇咬了怎么办？"

母亲不厌其烦地叮咛道，禁止我再去钻竹林。可是，我哪是那么听话的孩子？每天还是不停地往竹林里跑。

我家位于乡间的小镇上，冷清又无趣，我只待了几天就厌倦了。虽说这几天也去过水天宫、梅林寺还有高良山等地方观光，但去过一遍，就再也没有可玩的地方了。大概是由于这一带盛产野漆树，所以，走在大路上，到处都能看到制作蜡烛的店家。刚开始，我对这样的景象很感兴趣，有时会驻足观望很久，可那三分钟热情过后，我马上就怀念起东京种种好玩的东西来了。

当然，即便是在这么僻静的地方，我也很快就找到了交际的对象。首先，我与借住在我家旁边的女琵琶师木下的弟弟成了好朋友。虽然，这之前我也曾经听到过琵琶的弹奏声，而且还听到过年轻女子的朗诵声，可我并不知道那女子还有一个弟弟，而且还是他们两个人一起住。

她的弟弟是明善中学的学生，也是读二年级。面色白皙，嘴巴很大。要是将他与我东京的那些伙伴们相比的话，显得有些粗野，有些不够机灵，却是一个很好相处的人。只要稍微给他戴点高帽子，他就会竹筒倒豆子似的把自己知道的一切都说给你听。对于他说的事情，我也很感兴趣，抱着极大的好奇心，所以，每次见到木下少年的时候，都会刨根问底，不放过任何一个细节。

他姐姐三年前毕业于女子学校。据说，父亲早就死了。她毕业的那年，母亲也辞别了人世。这样一来，她们姐弟二人就租了一处房子居住。木下少年还告诉我，他们的老家在羽犬塚，家里有土地。要是在老家待着的话，姐弟二人的生活应该是比较宽裕的。

女琵琶师与她弟弟长得很像，也是白净的脸孔、大大的嘴巴。在大嘴巴的右上方，长着一颗黑痣。她的神情不如弟弟开朗，眼睛里总是飘忽着一种忧郁的神情。而在我看来，这恰恰是她超乎寻常的魅力所在。

总之，我对这位女琵琶师非常感兴趣，这是不争的事实。这种兴趣与她未嫁女的身份密切相关。这样一来，我就自然而然地暗自对她做出种种猜测：她究竟想与什么样的男人结婚？她有男朋友了吗？她在恋爱吗？

"你姐姐有喜欢的人了吗？"

一天，我们坐在竹林里的空地上，听着流水的声响，我突然向他提出了这个问题。木下少年先是一愣，接着，又盯着我的脸看了一会儿，红着脸回答道：

"你要是发誓不告诉别人的话，我就告诉你。"

"嗯，相信我，决不告诉别人。"

他会说出一番什么样的话来呢？我被他吊着胃口，直往嗓子眼里咽口水。

她爱上了一个小学教员，可这个男友是有婚约的。也就是说，他们二人是不能结婚的。不过，这个男人总是设法取悦女琵琶师，说：自己一旦解除了婚约，就一定跟她结婚。但对那个男人，木下少年从来都不以为然，因为他对那个男人一点好感也没有。随着时间的推移，我也慢慢地理解了他讨厌那个男人的原因。

据木下少年说，那个男人时常过来与姐姐同居。房间的面积是八张榻榻米大小，里面支了一顶蚊帐，三个人睡在一起。睡下去的时候，木下少年睡在中间，姐姐与那个男人各睡一边。可睡到半夜，不知怎么的，姐姐就睡到了中间。而且，有一天深夜，睡梦中的木下少年似乎听到了痛苦的呻吟声。他睁眼瞄了一下，感觉声音并不是从旁边姐姐的铺位上发出的，而是从墙边上那个男人的被子里发出来的。虽说夜黑不怎么看得清楚，但木下还是能够肯定这个事实。他下意识地伸手摸了摸姐姐的铺位，那里只剩下一个空被窝。自那之后，同样的情况又出现过许多次。有时，那个男人休息天也过来。来了之后，要不就是与姐姐说悄悄话，要不就言不由衷地说些恭维话，让木下少年出去玩。总之，就是让他回避得越远越好。

我听了木下少年的这番叙述，在同情他困境的同时，更让我感兴趣的，是他姐姐这种大胆冒险的果敢行为。

"为什么她要痛苦呻吟呢？"

"大概是被重东西压得受不了了吧。"

木下少年如释重负地说完这句话，使劲嚼着手里的草屑。从表情上看，我似乎是同情木下少年的。其实并非如此，我只是恶趣味使然，详细地询问他的所见所闻，打探一个年轻女孩性生活的秘事。

我还从木下少年那里得知了一些细节。例如，他说那个男人刚开始与姐姐交往的时候，诸事都谨慎小心。久而久之，就变得大胆放纵了，就连接吻都会弄出很大的动静。有时，天都快亮了，他还往姐姐的被窝里钻。后来，我就主动要求去木下少年的居所看看。其实，我的真实目的是想见一见年轻的女琵琶师。

女琵琶师是个热爱生活的人，那间八张榻榻米大小的房间被她收拾得整整齐齐、一尘不染。一架大钟慢悠悠地左右摇摆着，怎么看，都觉得那像是人的笑脸。

她那双深埋在忧郁之中的又大又黑的眼睛，依然是那么充满着魅力。每当她笑的时候，两排白玉般的牙齿就会从宽厚的唇间露出来。满头的黑发从额头的中间分梳开来，很随意地在脑后打了一个鬏（jiū）。看着她的模样，我怜悯之心油然而生，不禁想起了戏剧中的婢女形象。我就那么细细地打量着她，想象着她在床上大胆放荡的样子，心里别提多么愉悦。

她这么个水灵灵的姑娘，可说话时带着明显的家乡口音。例如，说到"英语""清洁"这些词语时，"英"和"清"的发音特别重，显得有些老气横秋，给人一种很奇怪的感觉。

暑假过了差不多一半的样子，我又认识了住在同一个镇子上一个女中二年级的姑娘，名字叫竹下。竹下是法务官的女儿。而法务官的肩章是白色的，这与步兵的红肩章、炮兵的黄肩章、骑兵的绿肩章相比，显得有些呆板。看着法务官的肩章，我的心里总觉得有些不得劲。在卫戍区，军官们家庭之间的来往是比较密切的。可能是由于大家都是从外地转勤过来的，难免有一种他乡遇故知的亲近感。最滑稽的是，当时，卫戍区还成立了一个"军官太太俱乐部"。由于军阶的差别，彼此之间即便不是那么亲近，也得故意做出亲近的样子。并且，联队长的妻子、中队长的妻子、联队副官的妻子，都是按照联队长、中队长、联队副官的军阶排位次的。所以，无论是集体活动还是私下交往，也都必须严守军阶的秩序。偶尔，在驻地也会见到年轻中尉的妻子。她们刚出东京女子学校的校门，完全是些不知天高地厚的娇娇女。当她们来到"军官太太俱乐部"，与那帮达官的太太们交往时，就难免会产生隔阂，以致遭到"婆婆党"们的白眼，受到种种刁难。不过，一般来说，一旦有了新婚宴尔便来营地的新娘子的话，好为人师的"婆婆党"就会不厌其烦地加以教导，再加上她们丈夫从早到晚地念叨"军阶、军阶"的，自然也就学会了守规矩，绝不会再有造次的冲动了。

　　说起来，军官们的妻子之间的这种微妙关系，自然也会"传染"给她们的子女。举个例子讲吧，当时的军官当中，许多人是参加过日俄战争的，佩戴"金鸥勋章"①的军官也不少。而孩子们对于这种勋章的等级又特别在意，他们只要凑在一起，就总是喜欢相互炫耀：

　　"我爸爸戴的是五级勋章。"

　　"我爸爸戴的是六级勋章。"

　　说到原因，我觉得不外乎两点：第一，勋章这个东西是用来佩戴的，而且军人佩戴勋章的机会也很多，在很大程度上与孩子们的"玩具意识"有着相通之处。所以，人们对勋章的赞颂，也算是一种认可吧。第二，"金鸥勋章"是与退休金挂钩的。从这个意义上讲，也就表明了自家又多了一份经济来源。所以，这些不光成了军官妻子的嘴边话题，勋章的"等级意识"也在孩子们的脑子里深深扎下了根。就说我自己吧，父亲参加日俄战争的时候是中队长，由

---

① "金鸥勋章"：日本授予陆军、海军军人、军属的一种勋章。

于攻占达尔尼①有功，被授予四级"金鸥勋章"。按照当时的惯例，中队长一般只能被授予五级"金鸥勋章"。不用说，我父亲被授予四级勋章，是享受了破格的奖励待遇。四级"金鸥勋章"，享受的退休金是四百日元，这对于我们家来说是一件很了不起的事情。所以，我从少年时代起，就深知它的重要性。另外，只要获得了四级"金鸥勋章"的奖励，就能晋升为一等"旭日勋章"。要是获得了三等"旭日勋章"或是"瑞宝勋章"的话，就能享受定期的晋升奖励。凭着这个资历，级别就会不断上升……这么一些无聊的事情，我竟然自小就熟烂于心了。

法官部军官竹下的女儿来我家玩，也是军官家庭之间开始交往以后的事情。或者说，就是"军官太太俱乐部"联谊活动的一种延伸吧。军官家庭之间的交往，与社会上普通家庭的交往不同，往往是从孩子们之间的交往开始的。我想，竹下的妻子一定是出于很单纯的考虑，才让自己的女儿来我家玩的吧。

竹下的女儿是个高个子的姑娘。可能是身体不太好的缘故，脸色显得有些苍白。她一副骨瘦如柴的样子，脖子细长，看上去像是难以撑住脑袋似的。

"那个姑娘上小学的时候，总喜欢在课堂上睡觉。可上了女中之后，出落得一表人才。她妈妈可高兴啦。"

有一天，妈妈这样对一直在我家服务的阿清阿婆说起这事，我也就顺耳听到了。这么一件奇妙的事情，哪能不勾起我的好奇心？

有一天，我与她沿着屋子后面的田埂往前走。然后向左拐，再

---

① 达尔尼：清朝末期沙俄在强占旅顺大连地区时设立的行政建制之一。

向左拐，一直走到了很远很远的筑后川的堤坝上。我们俩冒着午后的烈日，行走在杂草丛生的荒野里，身上的水分都快被蒸干了。我们登上河堤，看了一会儿水景。突然，她十分紧张地说道：

"麻烦啦，我想尿尿……这该怎么办呢？"

被她这突如其来地一问，我也一时不知如何作答。环视四周，并没有看到其他人啊——赶紧尿了不就完了？可又猛然想起她是个女孩子。附近倒是没有其他人，但她忌讳的不就是我这个男人吗？当我弄清了事情的原委之后，紧张的就是我自己了。我又审视了四周的环境，找不到任何可以遮挡的物体。展现在眼前的，除了延绵的堤坝外，剩下的就是满地的青草了。

"怎么办，怎么办？"

她皱着眉头，声音里带着哭腔。

"那么，你就躲在我的身后尿吧。我不看就是了。"

说着，我率先冲下了河堤。她也跟着我跑下了堤坝。我就像个警卫似的，面向河水站立着。她猛地在我身后蹲下，面对河堤撩起了裙裾。这时，我脑海里突然升起一个狡黠的念头，胸口突突地跳个不停：这可是一个难得的机会啊，就看一眼吧！心里这么想着，我猛然地转过身来。

"这可不行啊！你敢看！"

她绝望地大叫起来。但我并没有理睬她的叫喊，而是毫无顾忌地盯着她那白花花的臀部，出神地看着。大概也就是几秒钟，我却觉得时间过得很慢，尽情欣赏了她的美臀。

她平时看上去骨瘦如柴的样子，而我亲眼所见的肉体，与她的外表完全不一样。她的臀部看上去是丰满而圆浑的。我虽然装出一副若无其事的样子，心底却是怦动不已。

"你可千万不能对别人说啊！"

说着，她猛地将面颊贴到了我的脸上。我胸口的跳动虽已平息，却产生了一种奇妙的感觉。贴在一起的脸庞虽然分开了，可留在脸上的黏黏的汗渍，让我感到像是贴了一层湿漉漉的纸似的。

"你这个狡猾的家伙……"

我看到她瞪着我的眼神里露出了笑意。从她的笑意中，我领会到了一个成熟姑娘甜蜜的情意。"你可千万不能对别人说啊……"就是她的这句嘱咐，让我感到我们二人之间有了一份共同守护的秘密，心里不免充满了愉悦的快意。虽然，这次经历如同一颗温暖的种子，一直深藏在我的心底，但我最终还是没有能够抑制住夸耀的欲望，一五一十地全都对木下少年讲了。

木下少年听了我的叙述，并不相信事情有那么简单。他一定进行了种种猜测，认为我们肯定还干了什么别的事。

就像前面说过的那样，在久留米，木下少年是与我过往甚密的玩伴。我总是以种种方式诓骗他，或者以同情他的遭遇为手段，诱使他说出自己的秘密。就他这样一个好相处的人，这回却像是变了个人似的，变得特别固执，坚持认为我一定隐瞒了与竹下之间更深一层的关系。我想，一定是他姐姐的事情在他脑海里留下的印象太深刻了，所以，他就把自己姐姐的故事套用在我与竹下的身上了。这样一来，他就把自己素来厌恶的印象，转移到了臆想的世界里，用我来替换了那个可恶的家伙。而且，能够看得出来，这件事情仿佛改变了他的生活，使他有了一种兴奋的感觉。

假期快要结束了，我开始做回东京的准备。一天，竹下的女儿来了。我们二人坐在竹林那片窄小的空地上，耳畔依然是潺潺的流水声响。

"喂——"她一边招呼着我，一边就像那天在筑后川堤坝下面一样，猛地把自己的脸颊贴在了我的脸上。我一下瘫坐在地上，向前伸出了双腿。她也弯下身子，将一条腿的膝盖跪在我的大腿根上。只见她抬起头来，从怀里掏出一封信递给我，马上又与我的脸贴在了一起，长长地叹息了一声……我们就这样紧紧地相拥着，怀里是一个女人丰满而柔软的身体，并不是平时看上去那种骨瘦如柴的感觉。我浑身燥热，只觉得那天所看到的白花花的臀部就近在眼前。我就这么紧紧地拥抱着她，一动也没敢动。

竹下的信中都写了些什么，我现在已经不记得了。但那是我有生以来收到的第一封情书，这是我永世都不会忘记的。我还记得自己并没有给她回信，而是特意去了她家，将从东京带来的口琴作为临别的礼物送给了她。

回到东京之后，每当想起这次奇特的经历，总觉得有一种悲哀又甜蜜的伤感在心头。我把自己的这些感觉写进了作文，交给了老师。这样，我的作文就在老师们当中传开了。一天，担任我们英文课的年轻教师在学校的走廊里与我不期而遇，问我道：

"你的暑假过得很有意思啊？"

听他这么一说，我的心里还真有些发慌。我也曾遭到过历史课老师同样的嘲讽。当然，木下姐姐的事情，筑后川堤坝下的事情，我肯定是不会写的，作文中所表达的，也只限于自己的一种感伤、一种旅愁罢了。

那时，我正在模仿《诗韵含英》一书，学着写律诗。慢慢地也能写成五言、七言律诗了，自是有一种得意的感觉在心头。前些日子，我在自己的旧纸堆里翻出了一首标有当时日期的诗作——《秋怀》：

> 月高一路望漫漫，
> 千里霜寒马上看。
> 莫怪向西回思切，
> 云端托雁问平安。

什么"马上"，什么"托雁"，都是一些虚妄之词。现在读来，实在无聊至极。我想，这一定是我向竹下的女儿抒发自己情怀的一首幼稚之作吧。

苏州的记忆

　　苏州城是由石头子和流水建成的。我的苏州之行已是近 20 年前的事了，然而马车跑在那石子路上发出的猛烈撞击声，桥下清澄可鉴的流水的浅影，仍使我记忆犹新。

　　街道上的戏剧服装店鳞次栉比，恐怕现在也是如此吧。离开石子大路，附近便是巷陌住宅，竟是万籁俱寂。家家闭户，令人怀疑这里是否有人居住。但是如果你敲开这些住宅的大门，就会发现家家户户都有漂亮的庭院。粉墙黛瓦、飞檐画栋、湖石假山，树丛中不时传来鸟儿的鸣叫。这些令人心旷神怡的景致，使得苏州之行深深地留在了我的记忆中。

　　我住在乐乡饭店，"乐乡"二字苏州话念作"lo xiang"。那日，蒙蒙细雨无声地湿润着大地。当我在空荡荡的饭店客房刚刚卸下行装时，窗台上一盆茉莉花正散发着芬芳。雨隔着茉莉花在窗外下着，这雨是午后那种令人心情爽朗的雨。

"待会儿去外边溜达溜达，好吧？"我对旅馆里唯一懂北京话的经理说道。"在这雨中吗？"他露出吃惊的神情。"没关系的。可我听不懂苏州话，若能与懂北京话的人同行就方便多了。""这样啊——唔，有，不过是个女的。""那太好啦，拜托了。"

　　那位女性长得何等模样，我一概不知，也不便多问。

　　不一会儿，那女子来了。她身穿宝蓝色的旗袍，配一件粉红色的背心，是位年方二十左右的年轻姑娘。她长得并不算十分漂亮，但有梦幻般的眼神，嗓音甜美清纯。

　　走出大门，忽感腹中饥饿难忍，便询问道："能找个小店简单吃点东西吗？""难得来苏州，来点苏州的点心怎么样？"

　　她说的是一家规模较大的古朴的点心铺，店名叫"红星"。在那里，我一连吃了好几个油氽糯米团子。当时恐怕是饥饿之故，觉得味道特别好。从"红星"出来，在淅淅沥沥的雨中，她领我游玩了狮子林和留园。

　　据说狮子林是倪云林设计的。给人的总体印象是冷峻，其深处流动着一种虚无缥缈的东西。从狮子林返回，只见留园在晶莹的雨中静静小憩，充溢着和蔼亲切的神情。在那静态里，充分体现出14世纪以来古代中国的审美意识。回廊、雨中垂柳、大理石台阶以及蜿蜒其间的小径，将古典园林布置得静中有动，真是人类想象与完善技术的至臻结合。

　　我们在留园漫步、品茶，消磨到几近黄昏。

　　回到乐乡饭店，窗台上的茉莉花香味使得满屋馨香。

　　窗外夜色沉沉，雨还在不停地下着。

　　我突然想起了那个年轻姑娘，便向经理打听。"她？你猜猜看。""猜不出来。""是女招待。"

经理的话使我震惊。就是那位给人以清纯感觉的少女？我怎么一点儿迹象都看不出来？所谓的"女招待"，不就是小酒馆里的陪酒女郎吗？

去年秋天，我将留园主人盛毓度先生介绍给村松梢风君。我们商谈了由盛先生在东京修建与留园同名的中国菜馆的计划。根据盛先生的想法，这次建造的"留园"，其庭园的精美、建筑的壮观、设施的完备、菜肴的美味，将在东京的同行中首屈一指。我们在逐项询问该计划的过程中渐渐坚信，它将给东京增添一道新景致。同时，为了适应这种高档装饰的需要，盛先生一次次来往于香港，将精心收集的中国古玩一件件展现于我们面前。

梢风君在这年的春天，在"留园"还未落成时去世了。尽管如此，"留园"的建设仍在切实推进，其精美的建筑和华贵的陈设无疑将有朝一日呈现在我们眼前。

（1995 年陈雪春译，刊登于《姑苏晚报》"怡园"副刊）

花愁杂稿

　　唐朝长安的繁华，可谓盛极一时。可以说，在这个世界上，再无能够与之匹敌者。据清代徐松《唐两京城坊考》的考证，长安城的宏大巨制与富丽奢华，即便是当时西欧的名城佛伦罗萨，与之相比也要逊色许多。

　　那源自天山南麓、葱岭①之上的箜篌的美妙旋律，历经数千里旅程传送，愉悦着西方的神灵与希腊人的心。那些曾经在中亚古城深受民众喜爱的柔美舞姿，也悄然进入长安，将古国的人们熏陶得如痴如醉。而就在你走进酒馆，饮一盏柔媚似水的异邦美女斟的酒，眼前闪烁着的，又是波斯庙堂中那日夜不灭的香火；耳畔隐隐听到的，也是众多信徒虔诚的祷告……印度的香水在市场上卖得正火热，南海的宝石也深受民众的喜爱。杂艺表演精彩纷呈，在艺人们

---

① 葱岭：指帕米尔高原，中国古代称之为葱岭。古丝绸之路在此经过。

的吆喝声中，他们手里的鲜花，瞬间就变得踪影全无。说话间，又看见青色鳞片的蛇满地乱爬。那边，一群年轻人兴高采烈地叫卖着，手里拿着的香瓜散发出清新的芳香……杂技、食物、服装等日常的东西就不用说了，就连那些珍稀宝物，这里也应有尽有。可以说，这里云集了世上的奇珍异宝与最繁华的市场景象。

自然，长安的奢侈与华丽，主要还是集中在唐朝的宫廷里。而宫廷的奢华，又似乎集中在了贵妃杨玉环一人身上。

按照诗人们的说法，唐代鼎盛时期，若是从年号来说的话，为开元、天宝；要是从帝王来说的话，就是玄宗皇帝。历史上有人认为，他的盛世之梦，恰如令人眼花缭乱的牡丹花，所有的明媚与欢乐，都是为杨贵妃一人而盛开的。

开元某年的春天，兴庆宫的池之东、沉香亭之北开满了牡丹花。皇帝骑着他那匹名为"照夜白"①的白马，随行的杨贵妃则坐着轿子，在华美的仪仗的簇拥下，来到了沉香亭。素有"梨园弹唱第一高手"之名的李龟年，早已手持拍板候在一旁。而宿醉未醒的翰林院学士李白，奉诏前来侍驾。他在金花笺上一挥而就，写下了《清平调词三首》这至今脍炙人口的诗章——

其一：

云想衣裳花想容，

春风拂槛露华浓。

若非群玉山头见，

---

① "照夜白"：唐玄宗的坐骑，纯白色。相传，即使在黑夜里也掩盖不住它的白色。

会向瑶台月下逢。

其二：
一枝红艳露凝香，
云雨巫山枉断肠。
借问汉宫谁得似，
可怜飞燕倚新妆。

其三：
名花倾国两相欢，
长得君王带笑看。
解释春风无限恨，
沉香亭北倚阑干。

　　贵妃一边品尝凉州的葡萄美酒，一边欣赏着李龟年演唱的乐曲。

　　日夜笙歌，杨贵妃沉浸在鲜花、诗赋与音乐的海洋之中。耳濡目染，她自然而然就能够像蝴蝶那样翩翩而舞了。据说，她最为精通的，要数《霓裳羽衣曲》与《六公曲》两支舞。

　　杨贵妃名玉环，原籍虢州阌乡（今河南灵宝市），后来，举家迁至蒲州永乐的独头村。她的祖父杨令本官至金州刺史，父亲杨元琰曾任蜀州司户。玉环出生时，元琰任蜀州司户，所以，玉环的出生地应该是蜀地。"司户"原是一个很小的官，但她的先祖曾经是一方的父母官，家里也算是书香门第。虽说不是名门望族，子孙当中却也出了不少读书人。玉环生父早逝，自小就被过继给了在河南府任士曹参军①的叔父杨玄璬。开元二十二年（734），玉环被选为玄宗之子寿王的妃子。以上就是杨玉环的身世。

一直到开元二十八年的十月，杨玉环已经与寿王共同生活了六年之久。唐玄宗虽一直垂涎于玉环的美色，但苦于是自己儿子的妃子，始终没敢做出乱伦的勾当。唐玄宗思虑再三，最后借临幸骊山温泉离宫的机会，让高力士将玉环带离寿王府，并给她发放度牒，命她出家当了女道士。"太真"便是她做女道士时的法号。之后，唐玄宗赐她住进"太真宫"。玄宗于天宝四年七月将时任左卫中郎将的韦昭训的女儿许配给了寿王。事不宜迟，就在当月，即令"女道士"杨太真还俗，册封为贵妃。以上便是"杨玉环"摇身一变而为"杨贵妃"的过程。实际上，杨贵妃册封的整个过程，充满着复杂的策划与计谋，却在形式上做到了万无一失。可谓用心良苦，运作得当。

可想而知，如此费心劳神得到的杨贵妃，对于玄宗皇帝来说，就是一个不可替代的无价之宝。在杨贵妃之前，玄宗的至爱是武惠妃。武惠妃从开元初年就一直侍候在君王身边，尤其是在没有子嗣的皇后被废之后，她几乎独享玄宗的宠爱。而且，武惠妃生有一子，这就更加巩固了她无人可撼的受宠地位。武惠妃于开元二十一年十一月病逝。而杨贵妃成为寿王的妃子，是武惠妃病逝一周年之后的事情。没想到，此后玄宗对于武惠妃的无尽思念，竟完全转移到了杨贵妃的身上。玄宗对杨贵妃的思念，绝非寻常可言。可以想象，他后来对杨贵妃的宠幸，较之武惠妃必定有过之而无不及。杨贵妃虽说并非皇后，但她所享受的待遇，连皇后也望尘莫及。皇帝任命

---

① 士曹参军：古代官名，州府的六曹之一，掌管婚姻、田土、斗殴等诉讼案件。

她的养父杨玄璬为济阴太守、兵部尚书。此外，先后赠予她母亲"李氏陇西君夫人"和"凉国夫人"的封号。同时，还分别封她的三个姐姐为韩国夫人、虢国夫人与秦国夫人。据历史记载，她的三个姐姐也都是容貌出众、仪态万方、言谈风趣的女性。

杨家的繁荣，不仅仅体现在杨玉环的父母和姊妹身上，她的堂兄杨钊也被拜为侍郎，后来又赐名"国忠"，加御史大夫兼京兆尹，且接替李林甫担任宰相。用"威势显赫""权倾朝野"这样的词语来形容杨国忠，一点也不为过。也许正因为如此，诗人白居易在他的长篇诗作《长恨歌》中这样吟咏道：

> 姊妹弟兄皆列土，
> 可怜光彩生门户。
> 遂令天下父母心，
> 不重生男重生女。

其实，杨贵妃并不是那种楚腰纤细、柳枝临风般的纤纤美女，而是一个体态丰满、肉感丰厚的女人。她健康的躯体，恰如明媚无边的海洋，充沛着激情；犹如鲜艳的花朵，散发着芳香。仿佛就连她的一呼一吸，也能给人一种炽热的熏染。

杨贵妃就是这样的一个女子，她既享受华美的生活，又陶醉于爱情的美妙。因此，在独占帝王宠爱方面，她显示出了异常的果断与决绝。

在唐代曹邺①的作品中，有一个短篇《梅妃传》，说的是与杨贵妃敌对的江氏之女梅妃的故事。在这篇传记中，曹先生将梅妃与杨贵妃的性格特征做了比较，描摹了介于二妃之间左右为难却又乐此不疲的玄宗的心理活动……细细读来，颇有情趣。说起梅妃，要是打个比方的话，就是近代小说《红楼梦》中林黛玉那种类型的人物——虽说也有辛辣带刺的一面，但她的主要特质，还是以诗赋寄托感情的典雅女性；与热衷于歌舞、追求生动刺激的杨贵妃相比，是两种完全不同类型的人。可是，无论是对杨贵妃还是对梅妃，玄宗都宠爱有加。玄宗这种"雨露均沾"的心思，表现得越明显，就愈加刺激杨贵妃要独占帝王宠爱的决心与欲望。在这一点上，杨贵妃表现出的不仅是单纯的嫉妒心，更多的是她强悍的性格与强大的内心。或许，杨贵妃这样的美丽与活力，是玄宗平生所未曾遇见过的。也或许正是玄宗，特意造就了她的这种美丽，并且十分欣赏。

杨贵妃最喜欢穿黄色的衣裙，精于梳妆，善用假发，佩戴精美的首饰，总是把自己打扮得光彩照人。她除了擅长舞蹈外，琵琶也弹得好。平时，宫廷之中的宴会，虽是名流云集，她也毫不怯场。在食物当中，她尤其喜爱产于热带地区的荔枝那糯润甜美的味道。从这些嗜好可以看出，她是一个总围着太阳转的向日葵般充满热情的人。

大凡玄宗踪迹所至，都能见到杨贵妃的踪影。骊山的华清池，对于杨贵妃来说，简直就是一个"极乐池"。浴槽由大理石雕刻而成，形如一朵巨大的白莲花，滚滚的热泉水注入浴池。清澈透明的

---

① 曹邺（约816—875）：字业之，一作邺之，桂州（今广西桂林阳朔）人，晚唐诗人。

泉水里，她那凝脂般的肌肤散发出温润的光泽。"春寒赐浴华清池，温泉水滑洗凝脂"，描写的就是骊宫的无限景致。而"春从春游夜专夜"又似乎给人一种国运衰微的预兆。

当时，岭南地方官员向皇上进贡了一只白色的鹦鹉。此鹦鹉能解人语，同时也能学说许多人语。杨贵妃很喜爱它，取名"雪衣娘"。一天早晨，贵妃化妆时，鹦鹉突然跳上梳妆台，朗声说道："雪衣娘昨夜梦为鸷鸟所搏，将尽于此乎！"闻听鹦鹉能言，玄宗立刻命贵妃教雪衣娘诵读《心经》。谁知，"雪衣娘"念过几遍以后，竟然背诵得滚瓜烂熟。一天，玄宗带着贵妃移驾别宫，"雪衣娘"也随贵妃的轿子一同前往。行至半途，突然一只老鹰飞扑过来，"雪衣娘"在老鹰利爪之下一命呜呼。玄宗与贵妃都非常难过。后来，"雪衣娘"被隆重地葬在后院之中，贵妃还特意为其立碑作传，称为"鹦鹉冢"。相传，这个故事预示着后来杨贵妃遭遇的不幸。当然，这只不过是人们蓄意编造的一个故事罢了。

安禄山的叛乱，是以诛灭杨国忠为目标的。同时，虢国夫人又列举了杨贵妃的种种罪状。说到底，这次作乱，是以清除君王身边的奸臣为旗帜的。安史之乱发生在天宝十四年（755）的十一月，而这年的夏天，皇帝还照例在华清宫为杨贵妃举行了隆重的生日庆典。这次庆典，对于杨贵妃来说，是最后一次辉煌。对于玄宗来说，也是一个不可治愈的悲痛的回忆。

玄宗得到安禄山叛乱的消息后，决定亲征以平息叛乱，而将国政委以皇太子。玄宗首先对杨国忠讲了自己的计划。杨国忠自知与皇太子之间矛盾深重，预感事态的发展对自己不利，于是，就警告贵妃姊妹，要对杨家势力的衰落有充分的思想准备。

第二年，即天宝十五年六月，位于陕西、河南交界之处的潼关①失守。这是通往都城长安的一道重要关隘。哥舒翰②将军的军队经此一战，遭到重创。玄宗被迫暂时放弃长安，逃往遥远的蜀地避难。杨贵妃也随同玄宗皇帝一起，仓皇辞别了京城长安。

> 九重城阙烟尘生，
> 千乘万骑西南行。
> 翠华摇摇行复止，
> 西出都门百余里。

这是白居易《长恨歌》中所描写的当时的景象。不用说，亦是杨家走向没落的真实写照。

诗中所说"西出都门百余里"，即指西安府兴平县之西大约二十余里的马嵬坡。陈元礼③将军率属下士兵将玄宗的驿馆团团围住，高喊："天下大乱，罪在杨家！杀了杨国忠，除尽杨家人！"他们先是杀了杨国忠，接着又恳求玄宗杀了杨贵妃。玄宗怎么也没有想到，自己的贴身卫兵竟然提出了让自己如此为难的要求。面对这样的要求，从卫兵军营出来的玄宗皇帝，走向马嵬驿的脚步异常沉重。虽然进了驿站大门，他却怎么也没有勇气跨进行宫半步。

---

① 潼关：地处陕西省关中平原东端，居晋、陕、豫三省要冲，历来为兵家必争之地。
② 哥舒翰：唐朝名将。安史之乱时被安禄山俘虏，后安庆绪杀安禄山，登基为帝，不久，败于唐军而逃，将哥舒翰杀害。唐代宗追赠太尉，谥曰"武愍"。
③ 陈元礼：昆曲《长生殿》中龙武将军的原型。历史上，这位龙武将军名字应为"陈玄礼"，由于《长生殿》是康熙年间所创，为避讳康熙皇帝之名，遂改为陈元礼。

马嵬驿大门外有一条狭窄的巷子。玄宗就那么呆呆地站在巷子口，一副茫然自失的样子。这时，京兆司录韦锷求见玄宗皇帝，以国家安危相谏。玄宗终于下定决心，走进行宫，含泪赐死杨贵妃。皇帝的行宫设在马嵬驿的馆舍内，玄宗与贵妃就在北门口作了生死诀别。

贵妃感谢了玄宗多年来的爱宠，祈祷玄宗安康永年。接着，她便在高力士的陪伴下，来到佛堂前。她的愿望就是能够在念诵佛经时，结束自己的生命。

一切又都回到了最初。就这样，昔日花容玉貌、明眸皓齿的杨贵妃，怀着她那无尽的梦想，永远地消失了。佛堂前，那棵落花将尽、绿叶茂盛的梨树，用它那长长的影子，遮盖住了玉环的遗体。

贵妃的遗体很快就被运进了馆舍行宫的中庭。陈元礼将军验尸完毕，告知了皇帝卫队的士兵们，全军将士如释重负。

安禄山也好，陈元礼也罢，以铲除杨家势力为由，这在当时是他们能够起事成功的唯一选择，也是能够赢得民心的唯一办法。就这一点而言，陈元礼可以称得上是一位高手。人们将杨贵妃的遗骸埋葬在马嵬驿西侧，距离马嵬驿大约一里的地方。

据北宋时期史官乐史①所撰《杨太真外传》记载，贵妃享年三十八岁。

以上是我对杨贵妃生平所作的简要记录，也并非无稽之谈。

转瞬之间，已过去了十年。当时，我以留学生的身份旅居北京。那时，"铜子儿"是这个城市的通用货币，女人们服饰的衣襟也要比

---

① 乐史（930—1007）：字子正，北宋文学家、地理学家。

现在高出许多。中日两国之间积攒已久的种种矛盾开始激化，日本在通州地区扶植了一个类似傀儡般的"冀东防共自治政府"。数十辆插着日本国旗的军用卡车，每天都轰隆隆地驶过通州的街道，由朝阳门开往东四牌楼；或者越过西四牌楼，直接闯进西直门；或者经由东单，进入长安街；或者从北京驶往更远的地方……它们横冲直撞，如入无人之境。那些军用卡车上装满了"低税物品"，也就是当时北京人所说的"走私物品"。人们目送着这一列列拉着"走私物品"的卡车，疯狂地驶过街道，眼睛里都燃烧着愤怒的火焰。但人们敢怒而不敢言。而我们这些日本侨民，面对北京百姓这种愤怒的目光，即便初夏北京清爽的空气中充满了丁香花的芳香，可在我们的心上，总有一种被针刺扎的疼痛感觉。日子看上去是平稳而悠长的，可我们的心底总有一种不安。而且，这样的不安，就如同一小股一小股的漩涡，最终汇成了巨大的强劲的漩涡，笼罩在沉重的阴影里，缓慢地向前流动……

中日两国之间的火药味已经很浓了，但好在，我们在京日本人的生活并没有受到什么影响。那些饭馆的伙计、书店的老板、卖麻花的老太太们，对我们依然是友好而热情的。也许，在街上做生意的人都是好脾气。我行走在大街上，抬头仰望蓝天，灿然的阳光明晃晃地照耀着往来的行人。他们的眸子里似乎看不到微尘，也看不到忧伤，只有和善的微笑，如同夏日摇动的扇子，给人送来阵阵清凉的微风。然而，透过平静的街景，在人们的内心深处，却有一股寒潮在涌动，有一种无以名状的不安与担忧，如同池塘的涟漪，不断地在向四周扩散。

就这样，我们在酷热难当的院子里，送走了一个又一个炎炎夏日，迎来了一个又一个秋季。院子里的地砖也如同烙铁一般滚热，即便到了傍晚也不见降温。不过，夜里十点钟之后，仿佛有一丝凉意降临，大地有了复苏的感觉。清澈透明的夜空，将它那朦胧的微明，映照在聚在院子里聊天的我们的身上，恰有一种梦境般的感觉。

夏末的夜晚，我们会聚集在太仆寺街宽街的张树声将军家的院子里聊天。当时，我每周两次给张树声将军的儿子和女儿补习日语。我是个慢性子的人，要定时定点从住处孟公府赶往很远的西城区的宽街，的确不是一件容易的事情。所幸张家备有专车，可以接送我。这样，无论我想不想偷懒，都必须遵守彼此约定的时间。我原来的想法是，我在教他们日语的同时，自己也可以练习汉语的口语，所以，没有犹豫就答应了。可真正做起来才知道，像这样免费相互教授日语与汉语，双方都会争取更多的练习机会，这样一来，就很容易引起对方的不满。所以，我就特别卖力地教他们日语的会话，想以此来与他们做学习上的交换。我暗自盘算：我们互相教学，只要能达到提高汉语会话能力的目的，我也就不算吃亏。对方要求我按照教材来教，而我却不喜欢根据教科书按部就班地练习日语会话。从后来的效果看，我的做法是对的。

我记得，张家的门房里住着许多下人。大门口安装着警铃，铃声响时才会开门。可每当汽车驶到大门口时，大门就会径直打开，绝不会让汽车等候。可见，他们这些人是多么训练有素。有日语课的晚上，虽说并没有说定，但晚饭一般都是在张家吃。渐渐地，这也形成了惯例，就像是合约规定了的一样。有时，张树声将军夫妇与我们共进晚餐，有时就我们自己吃。后来我听说，张夫人是个素食主义者，要是总跟喜欢吃肉的年轻人一起用餐的话，会给年轻人带来不便。

　　饭后，我给他们授课两个小时。下课后，我们就聚在一起闲谈。大伙一般都是坐在院子里的藤椅上说话，而且常常会聊到深夜。

　　这里我想先说一下张树声将军的情况。张将军是天津人氏，北伐战争时已经官至陆军中将。他由于患有糖尿病，就辞官在家休养。当时虽说已经是六十岁的人了，但看上去还很年轻，仪表堂堂，面颊宽阔。有人戏称他是"华北脸型"。张夫人是个小个子，一直吃素，看上去却比张将军显得苍老一些。她是地道的北京人，说得一口北京话，特别好听。而我所教的两个学生——张将军的一个儿子和一个女儿，男生二十二岁，女生二十一岁。两人虽只有一岁之差，读书的情况却截然相反。男生还在上高中三年级，而女生已经是北京大学英文系的学生了。并且后来我还了解到，他们二人学习日语的动机也是不一样的。

　　男生宗福君的学校开设了日语课，他觉得学习日语很难，就找我来帮着补习。在有些场合，他也表示今后要去日本留学。那么，现在的补习就有了一些为将来留学做准备的意思。女生宗英小姐学习日语的动机更加实用。她认为，自己将来要从事英国文学的研究，必须借助日本人的研究成果。据她说，在女子中学时也学了一点日语，但派不上什么用场。而现在在北京大学，虽然也选修了日语课，但任课教师傅仲涛先生所讲授的井原西鹤①、幸田露伴②等人的文学

---

① 井原西鹤（1642—1693）：原名平山藤五，笔名西鹤，日本江户时代的小说家、俳谐诗人。
② 幸田露伴（1867—1947）：日本小说家。

作品，与她想学的内容存在着很大的差距。所以，就想采用这样的方法重新学习。她是个有抱负的北大学子，难怪在她的书架上，既有研究社的英国文学丛书、评传丛书，冈仓的英和词典，也有岩波文库的翻译类书籍，还有林语堂的开明英文语法以及英译本《老残游记》，等等。不了解的人走进的她的房间，还会错以为这是一位正在日本女子大学读书的姑娘的书房呢。不过，要是再看看墙边上的沙发椅子，书桌上厚厚的玻璃板下压着的亲友与闺蜜的照片，还有那结构复杂的梳妆台上放着的茶壶茶碗，也就不难判断，这里居住的是一位现代中国的年轻女性，房间里到处都充满着年轻女孩的趣味。或者说，坐在我面前的宗英小姐，是一位身穿蓝布褂子，肤色不算太白，面相周正，眉宇之间略显忧郁的姑娘。而且，她的房间，也绝不是日本女生的学习室可比的。

我们上课的时候，宗福君就来宗英小姐的房间。他对学习从不深究，学得也很马虎。他一般都是模仿我的读法，读那么两三遍课文，然后就拿出自己汉译日的作业，让我帮助检查、订正。这样就算是学完了。我看他这也太马虎了，就要求他再花点功夫，学得扎实些。可每当此时，他都会笑嘻嘻地站起来，连忙走出房间。而宗英小姐从来都不闲着等哥哥学习结束，她会凝神站在一边，看着哥哥学习，并小声地模仿我的读法。宗福君的学习一结束，她就立即拿出自己预习过的语法书，询问各种各样的问题。

她提的问题各式各样，而且从来都不含糊。例如，书面的语法与口语的语法之间的关系，副词、形容词的构成要素，等等。弄不明白的地方非得刨根问底，有些问题直问得我背上冒汗。这些问题讨论完了之后，就开始解读日语小说的课程。她把一年时间里读过的大量日本现代短篇小说，集中在短时间内让我讲解。为了准备这些课程，我花费了大量时间和精力。有时候，光讲备课内容还不够，她还会临时提出一些疑问，常常会弄得我措手不及。依照这样的学习程序，我光是给宗英小姐辅导课程，就得花一个半小时乃至两个小时。并且，课程结束后我也未必马上就能走，接下来的闲聊涉及的话题就更加广泛。不过，在这样的闲聊过程中，我倒是能够了解她所想的是什么、所忧虑的是什么、所愤怒的是什么。而她的所思、所忧、所愤，又都是我所感同身受的。

每当我们谈论这些话题的时候，她那平时略带忧虑的眉宇之间，似乎又增加了一种更为深刻的表情，使人感到一种英姿飒爽、不可侵犯的威严。看着这样一位年轻的女性杏目怒视的样子，我更觉得有一种异样的光彩照射过来。闲聊的问答当中，我的态度也变得严肃起来。她那流露出来的如同素雅的花朵般的清新气息，其实是我很乐以见到的。

在中日关系上，她指出，日本有许多地方需要做出深刻的反省。首先，日本人必须尊重中国的文化，至少必须认识到中国是一个具有灿烂文化的民族。其次，从目前的情况看，中国与日本相比较，确实是处于落后的地位，中国人也必须认识到这一点。如果双方不能形成这样的共识，就必然会产生各种各样的矛盾与摩擦。她认为，这样的纷争并不是不可改变的；而日本人把这样的现状误解成不可改变的趋势，实际上是他们的愚蠢……这些意见，她在与我的交谈中曾经多次提到。

她在说这些话的时候，语调十分沉静，有时还会闭上眼睛思考一下。听着她的话语，我真切地感受到了她沉静的语调里所蕴含的热情与昂扬气概。在谈话的过程中，她的语调始终是平静的、文雅的，这就使我有一种背负芒刺的感觉，内心甚至油然产生了一种恐惧感。

然而，闲聊归闲聊，她也并不总是在说这些令我难堪的话题。有时，她也会提起杨贵妃。宗英小姐似乎对杨贵妃与克利奥帕特拉[①]特别感兴趣，常常跟我谈起她们。当我问她为什么会对杨贵妃的故事感兴趣时，她微笑着说：与那些发生在市井的小悲剧相比，更能够感动我的，是那种如同豪华大厦突然崩塌的大悲剧。是的，在她那忧郁重重的眉宇之间，的确充满着浪漫主义者那种激情与渴望，表现出一种现实与梦想的冲突。杨贵妃之死，可以称得上是一种悲壮的死。面对这样一个悲壮的事实，宗英小姐的内心一定会涌起巨大的波澜。我告诉她，日本有位叫宫崎来城[②]的诗人，曾经十分详尽地叙述过杨贵妃的故事。有一次，我偶然在西单的地摊上看到了这本明治时代刊行的来城所著的《杨贵妃》，就买下来赠送给了宗英小姐。她拿到这本书后特别高兴，立刻在我的辅导下读完了前面的几页。后来，她就不要我再陪她读了，坚持独自读完了这本书。不光是独自读完了，而且还花费了许多功夫，硬是将全册书译成了白话文。来城的原文不仅是书面语言，而且还夹杂着丰富的诗化了的文字，文体很华美。能够下决心将这样的文章译成汉语，如果不是特别喜欢的话，估计不会有人肯下这样的苦功夫。见到她的译文，

---

① 克利奥帕特拉（约前70—前30）：即克利奥帕特拉七世，一般称之为埃及艳后，是古埃及托勒密王朝的最后一任女法老。
② 宫崎来城（1871—1933）：日本诗人。

我真的深深地被她的学习精神与学习态度感动了。

在谈论杨贵妃这个话题时，她最感兴趣的是白鹦鹉死前的那句话。她一再强调说，这种童话式的充满幻想的话语，即使在现实生活中不存在，也不能从《杨贵妃》中删掉。我告诉她，戏曲家尤侗曾经在他的一个短篇小说中写过这句话，而且《西堂杂俎》中也收录了一篇题为《雪衣女传》的文章。她马上读了《西堂杂俎》一书，说，比起成就卓著的尤侗的短篇，原话的素材更加具有说服力。对于她的这个说法，我也是十分赞同的。

我们围坐在院子里的小桌子旁闲聊的时候，张家全家人都会来。就连学习时中途溜号的宗福君，只要大家开始闲聊了，也准会出现，而且还特别能言善辩，善于说笑话，逗得大家笑声不断。就这样，一边毫无拘束地热烈谈论各种话题，一边使劲喝茶、吃糖果、嗑瓜子。就这样，我从来没能在夜里十点钟之前离开过张家。

院子里的闲谈，一般都是从夏天开始，一直延续到秋季。中秋之夜，月亮又圆又亮，院墙外面的榆树也开始落下它第一枚枯黄的叶片。此时，冷飕飕的夜风，渐渐带走了院子里欢快的聚会。过不了几天，放置在院子里的夹竹桃盆栽也要被移进储物间，小桌子、小椅子也都会被收拾起来。整个院子给人一种空荡荡的感觉。之后，气温就会急剧下降，天气陡然变冷。这样一来，我与宗英小姐在房间里独处的时间也就增加了许多。我站在温暖如春的暖炉旁，一边听着炉子里火焰"呼呼"的燃烧声，一边听着宗英小姐以她那惯有的平静而明快的声调发出的议论。记得当时，我们谈论的话题主要有鲁迅的死、中日之间的关系以及西安事变等。

有一天夜里，华北地区下了罕见的大雪，四周一片寂静，似乎所有的声音都被纷纷扬扬的雪花给吸收了。我听到宗英小姐翻动书页的声音，就像在发出痛苦的呻吟。突然，她的目光离开了书本，抬起头来说道："最近我考虑过，总感觉与中国相比，日本是个不够辛劳的国家，而中国是个过于辛劳的国家。所以，两个国家都需要认真地反思。大概就是由于日本的不够辛劳与中国的过于辛劳，才引发了许多的'不幸福'吧。日本过于放纵，中国思虑过度……"说完这一番话，她又埋头看起了书。

那天晚上，我们正巧在读阿部知二的小说《北京》。我看着她用红笔在有些词语与惯用型上做着标记。看得出来，她是要趁着这宁静的雪夜，把时间与精力更多地集中在学习上。

我深深地意识到，宗英小姐在我面前所发的感慨，含有尖锐的批评成分。同时，我也感受到了中国年轻一代严肃思考中日关系的真诚态度。而同样是年轻一代，日本年轻人根本就没有思考过这类问题。日本的年轻人对两国问题的关注，是在中日战争爆发之后才开始的。至少，在这之前，他们从来没有把中国年轻人所苦恼的问题，与自己切身的利益联系起来。

元宵节那天晚上，我与张家兄妹一起去了中央公园。公园里，工匠们在冰层中点上火，做成人们平时所说的"冰灯"。他们将红颜色的纸剪成花的图案，在火焰的映照下，透过厚厚的冰层，呈现在人们的眼前。我们坐在"上林春苑"，吃着热腾腾的鸡丝汤面。透过玻璃窗户，能够看到远处排成一列的红色灯光，就如同野地里的磷火一般，闪耀着微弱的光亮。那是远处的冰灯发出的微光。宗英小姐身穿茶色的裘皮大衣，看上去很暖和的样子。在汤面腾腾的热气中，她纯净的眼睛里充满着笑意。宗福君说着俏皮话，大伙跟着笑声不断。此时，脸上还带着笑容的宗英小姐却像突然想起了什么似的，说道："我们现在倒是很开心啊，可我们不能忘了，世上还有许多意想不到的悲剧正在发生啊。哥，你也别开玩笑了。"说着，她的脸色变得彤红，那惯有的淡淡的忧郁，又回到了美丽的眉宇之间。

　　春天很快就来了，几乎每天都在刮风，街道像是被埋在尘土里一般。大地充分吸收着温暖的阳光，各种鲜花争相斗艳。傍晚时分，当昏昏欲睡的柳絮在继续着她的白日梦的时候，当石榴枝头的小红花如同珊瑚珠子一般闪耀着光芒的时候，夏天已经悄然来到了人间。宗英小姐那一身深蓝色的女学生服，也悄悄地换成了淡蓝色的短衫。在夏季热辣辣的阳光下，满城都摇曳着水灵灵的嫩枝翠叶。

　　就在大自然又一度变换着季节的时候，突然传来了"七七事变"的噩耗。平日里一派祥和的街上，形势骤变，陷入了极度恐怖的境地。社会秩序极其混乱，人们也十分迷茫，不知如何是好。等到秋天来临的时候，从表面上看，北京的情势像是恢复了平稳，但战火已经燃烧起来，局势处于无法收拾的状态。中国的百姓开始四散流离，我也只能茫然地注视着这样的悲剧一幕又一幕地上演。

　　宽街的张家，也被迫汇入了流离失所的人群之中。张树声夫妇、宗福少爷、宗英小姐，还有张家的一切，都忽然之间从我的眼前消失殆尽。面对眼前无可挽回的局势，我的耳畔猛然想起了宗英小姐说过的"那种如同豪华大厦突然崩塌的大悲剧"。此情此景，不正印证了她的预言？

　　后来，我曾在大街上遇到过当时接送我的张家的司机。当然，他已经不再是张家的佣人了。据他说，张家人从北京去了天津，又从天津转道去了老家河南……此后，再无任何消息。

遗憾的是，我至今也没有能够打听到张家人的消息。但我坚信，无论张家人经受多大的磨难，宗英小姐所感叹的杨贵妃那凄惨的命运，都不会降临到她的身上。她要是还健在的话，大概还会带着她那淡淡的忧伤，默然关注着近十年来急剧的风云变幻吧。她大概偶尔也会想起，在那天空透着微明的院子里，大家聚在一起闲谈；在那冬夜的炉火旁，与一个日本人所谈论过的话题吧。

母亲

　　玻璃鱼缸里，金鱼扇动着又长又宽的尾巴，悠然自得地游着，眼珠子怪怪的。我盯着它们看了一会儿，很快就有一股睡意袭来。

　　"竹凳子哎，卖竹凳子喽——"

　　外面来了个卖竹凳子的男人，在大声叫卖。

　　这是一个闷热难当的三伏天的下午。进入明治末年，在东京麴街一带，许多商家都在店门口放置太平桶①，张起宽大的门帘做遮阳棚。在我居住的后街上，还经常能听到这样尖着嗓子叫卖的声音。

　　"这么睡会着凉的，容易坏肚子哦。"

　　我听到了妈妈的叮嘱声——仿佛是从很远的地方传过来的。我居然就这么睡着啦！惊醒过来的时候，感觉到脖子上全是汗水。于是，我就这么迷迷糊糊地躺在榻榻米上，怎么也不愿动弹。

---

① 太平桶：指消防救火器具。

不知过了多久，我被剪子的声响弄醒了。在我睡觉的榻榻米上，母亲正在聚精会神地裁剪着什么东西。

是啊，当时我的母亲还很年轻。好像是我在番町小学校读一二年级的时候吧，那时她还不到三十岁，也就是二十八九岁的样子。那时，母亲身穿麻布浴衣①，梳着西洋发式的时髦的明治女性的形象，我至今记忆犹新。每当看到梶田半古②或是富冈永洗③所绘制的女人画像时，我的眼前就会浮现出母亲年轻时候的身影。

朦胧的月色，笼遮着花团锦簇的樱云。

从平河町到赤坂见附的坡道两边，都是又高又粗的樱花树，花枝纵横交错，十分茂盛。人们若是从花下走过，衣襟上就会沾上樱花的香味。坡道两边的地沟里蓄满了水，水流一直能流到山王下④、虎之门⑤一带。所以说，见附的坡道，是伴着水流一起往下走的。其景观之壮美，令人叹为观止。

我记得小时候，母亲总是牵着我的手，走下那段坡道。每逢丰川稻荷⑥或是一木⑦缘日的时候，她总会带我去。有一年春天母亲带着我去一木的情景，我记得特别清楚。樱花缤纷的落英在我们头顶上轻曼飘舞，如水的月光倾泻在我们的身上。我与母亲都努力仰起头，望着天空中那如清水般透亮的月光。母亲紧紧地拉着我的小手，

---

① 浴衣：日本人夏季穿着的简易和服。
② 梶田半古（1870—1917）：日本明治至大正时代的画家。
③ 富冈永洗（1864—1905）：日本明治时代的浮世绘师、画家。
④ 山王下：日本东京都多摩市的地名。
⑤ 虎之门：日本东京都港区的街区名。
⑥ 丰川稻荷：位于日本爱知县丰川的曹洞宗寺院，正式寺号为妙严寺。
⑦ 一木：日本东京地名。

时不时地还要使劲握一握，生怕我丢了似的。

当我们走下见附的坡道时，母亲还是像往常那样紧握着我的手。那种暖融融的感觉，仿佛至今还残留在我的手指尖。

家里有位来自伊势①的阿婆。但是，有关这位阿婆的记忆，我已经很模糊了。我除了记得她出生在伊势，还隐约记得她喜欢拿着掸子当枪比画，把自己装扮成古代大名的士兵来逗我开心。在我三岁也可能还不到三岁的时候，她请假回了伊势的老家，就再也没有回来。在她之后，又来了一个叫高宫清的女佣，家是野洲②的。自那之后，一直到我上大学，阿清都在我家服务，最后还是在我家去世的。阿清很有些骄傲的资本，她是士族世家，祖父曾经是个很有名的学者。据说，在日光街的某个地方，还竖着他老人家的纪念碑呢。

阿清是母亲聊天的好伙伴。我母亲是个娇生惯养的娇小姐，成天无忧无虑的。所以，大事小事，早上晚上，都要"阿清、阿清"地叫唤着，把她当成了须臾不能离开的"拐杖"。而阿清从来没有流露出一丝的不耐烦，总是"是的，是的"那么应承着，帮着母亲出主意。

我的父亲是骑兵军官。当年，军队有一项规定，就是骑兵军官必须亲自饲养自己的坐骑。虽说这项制度后来废止了，改由军队代为饲养，但最初的时候，饲养坐骑的任务是由个人承担的。

母亲有时会抓一把麦粒跑到马棚去喂马。她把喂马当作一件乐事。这时候，马就会侧着脑袋，张开大嘴，一口将母亲手中的麦粒

---

① 伊势：日本城市名称，位于现在的三重县。日本古代的令制国之一。

② 野洲：日本城市名称，位于现在滋贺县的南部，琵琶湖的南岸。

吞进去。看到这样的情景，母亲就会像少女似的，乐得笑声不断。

母亲的父亲，也就是我的外祖父，原是陆军中最早的一批留学生。他在欧洲从事医学方面的研究，长达八年之久。在日本文明开化之初，他是一个追求时尚的人。所以，我家在平河街的住宅，一半采用的是英国人的设计，使用红色砖瓦，而另一半则是和式建筑。外祖父的书房，从外观上看是日本式的住宅，但内部的陈设又带着浓厚的西洋色彩，西洋书籍甚至都摞到了天花板上。

一周当中，除了星期六之外，家里吃的都是西餐。家里还雇了西餐厨师。所以，在这样的家庭里长大的母亲，自然也能做得一手西式好菜。偶尔，喜爱日本酒的父亲吃腻了西餐，想尝尝日本菜时，母亲却是左右为难。就这样，每到下午，母亲就会叫阿清一起商量晚餐的事情。

"您看这样行吗？"

阿清试探着，给母亲出主意。

崇尚西方文化的外祖父，却特别喜欢日本的文艺节目。所以，当时的团十郎①、菊五郎②和三游亭圆朝③等著名艺人经常会来我家。我的外祖父尤其喜欢菊五郎演出的节目。有一天，第五代传人尾上菊五郎在柳岛的桥本饭庄犯了病。可是，当他康复后再次来到外祖父的住宅，商量下一步演出的事情时，却又病倒了。我还记得，当时外祖父对母亲说：都姓"桥本"啊，挺麻烦啊！（译者注：奥

---

① 团十郎：即市川团十郎，日本的一个歌舞伎世家。

② 菊五郎：即尾上菊五郎，日本的一个歌舞伎世家。

③ 三游亭圆朝（1839—1900）：日本幕末明治时期的相声表演家。

野的外祖父也姓桥本）

我母亲自小就开始接受三味线①与舞蹈的训练。她舞蹈师从的是当时的舞蹈名家花柳寿辅②。父亲虽然是个军人，可一直很喜爱戏剧，尤其喜爱"娘义太夫"③，也算是个三味线的爱好者吧。

说到三味线，我就想起母亲曾带着我去过一次位于芝山内的增上寺。那座寺庙里住着一位叫长谷部仲彦的老人。老人年轻时曾经留学法国，一副仙风道骨的样子。长谷部先生有个儿子，当时在读大学，舞跳得很不错。他的舞姿很奇特，这一点，就连小孩子的我也是能看得出来的。这个大学生，就是后来考古学界的名人长谷部言人先生。

言人有个智障的妹妹，她坐在隔扇的旁边，张大嘴巴，聚精会神地看着哥哥跳舞。

我们坐在寺院前荷叶飘香的池塘边，母亲弹起了三味线。当时，母亲是因为什么弹起的三味线，我实在是想不起来了。但我记得那大概是在我上学前后的事情。

弹奏三弦曲时，在三味线的琴弦上夹上一个打了孔的钱币，发出的声音就要粗许多，听上去就像是"义太夫"的粗杆三弦。母亲有时就用这样的方法弹奏，微醺的父亲就随着节拍哼哼《壶坂》等曲子。

---

① 三味线：日本的一种弦乐器。
② 花柳寿辅：即花柳宽，日本著名舞蹈家。
③ "娘义太夫"：日本明治时期，人们将特别受观众欢迎的女话剧演员称为"娘义太夫"。所谓的"义太夫"，指在三味线伴奏下演出净琉璃脚本的话剧。

后来，我常常听人说，我母亲的弹奏技艺可不是闺房里消遣的玩意，是由行家传授的。这样的说法，或许有几分奉承的味道，但母亲一心钻研弹奏技艺，的确是不争的事实。在我的记忆中，母亲每天都要练习两三个小时的三味线。在她短短四十五年的生涯中，几乎就没有中断过。

外祖父要求孩子们——母亲、小舅、小舅母——分别学习不同语种的外语。英年早逝的大舅在这方面特别优秀，他同时学习德语与希腊语两种语言，后来又学会了拉丁语。小舅母学的是英语，小舅学的是法语，母亲学的则是德语。

母亲的德语老师是一个德国妇女，后来嫁给了日本人。有一次，我从番町小学校回家的途中，母亲领着我去拜访她以前的老师。就是那次拜访，我得知母亲能够从头至尾都用德语与她交谈。平时只知道母亲会弹三味线，没想到她还能说这么流利的德语，这简直令我大吃一惊。

"真是的，这本书上写的怎么都是西餐的菜谱啊？"

有一次，母亲一边抱怨，一边将村井弦斋①所著的《食道乐》递给了我。这是一部小说，但它是一部美食小说，故事情节的设计中特意包含了菜肴的做法。这部小说在当时极受欢迎。母亲读这部小说，想必是在为挑嘴的父亲选择菜肴吧。于是，我就专门挑有菜肴的章节来读。我还记得，那好像是一部甜蜜的爱情小说。

说起小说，母亲常常从书柜里拿出小说悄悄地读。那些小说当

---

① 村井弦斋（1864—1927）：日本明治至大正时期的新闻记者。

中，既有弦斋的，也有芦花①的，还有红叶②、风叶③与绿雨④的。这些作品，对于当时还是小学生的我来说是很难理解的。管它懂不懂呢，就那么囫囵吞枣地读吧。我能够将就读懂的，大概也就是泪香⑤的一些作品罢。

---

① 芦花（1868—1927）：即德富芦花，日本小说家。

② 红叶（1868—1903）：即尾崎红叶，日本小说家。

③ 风叶（1875—1926）：即小栗风叶，原名加藤矶夫，日本小说家。

④ 绿雨（1868—1904）：即齐藤绿雨，日本明治时代的小说家、评论家。

⑤ 泪香（1862—1920）：即黑岩泪香，日本小说家、思想家、作家、翻译家、新闻记者。

爱猫记

有人说，猫是一种阴险狡猾的动物。这是胡说。现在，我家里就养着六只猫呢。最多的时候，曾经养过十只猫，就连我这样特别喜欢猫的人，也感觉有些招架不住了。现在家里的六只猫当中，有两只是母猫。所以，一旦它们生产了的话，十只猫的"盛况"岂不是指日可待？

猫给家里带来的最大麻烦，就是会咬坏榻榻米的草席。但也因为它们的存在，家里再也见不着老鼠的踪影了。看在它们赶走了老鼠的份上，弄坏榻榻米草席这样的一点小麻烦，也就忍了吧。

猫这种动物，其实是很温顺的。好几只猫同住在一间屋子里，自然而然地就成了好朋友，我从来没见过它们打架。到了夜里，它们喜欢挤成一团，呼呼大睡。傍晚时分，它们就像约好了似的，全都跑去院子里玩耍。

它们在院子里玩，我就躲在屋子里看。这帮平时温顺的猫咪，一旦聚集到了院子里，简直就像是一群出笼的猛兽，实在是有趣极了。当然，这并不是说猫咪们总是聚在一起闹着玩，它们也有着各自的生活习性。自得其乐，是它们生活中很精彩的内容。那些喜欢狗的人认为，猫不会与人亲近，我行我素，所以就讨厌猫。这些人之所以会产生这样的看法，主要还是对猫观察得不够细致。其实，猫是能够读懂人的心思的一种动物。

我家的猫，都是些没有名字的"权兵卫①"。而且，它们全是同一只母猫繁衍的子孙。所以，我们就叫那只母猫为"妈妈"，而对她的子孙，也都根据其各自不同的特点来称呼，并没有特意为它们取什么具有"猫"的象征意义的名字，例如"锛儿头""没尾巴""神经病""黑小鬼""白小鬼"等。我以为，名字对于猫来说是毫无意义的，只是便于人们区分罢了。所以，我对自己的这个"创意"很自鸣得意。

"妈妈"在养育孩子方面，实在算不上是高手。我看着它嘴里叼着出生刚满个把月的猫崽子到处乱跑，总是替它捏一把汗。有一次它生了四只小猫咪，本来一直都好好的，可就在它叼着小猫咪东躲西藏的过程中，竟然弄丢了两只，怎么也找不回来了。

有人说，母猫叼着孩子换住处，是为了躲避人们逗弄小猫。我却不这么认为。因为在小猫咪刚出生的那段时间里，无论人们怎么去窥视小猫咪，"妈妈"也没有任何不安的征兆，更没有见到它带着小猫咪"搬家"。一定要等过了些日子，"妈妈"才会带着孩子们向

---

① 权兵卫：日本男子的名字。由于这是老百姓当中最常见的名字，所以，也用作普通老百姓的代名词。

新的住处转移。我想，一定是这时猫窝里小猫咪的气味太重了，容易发生病害，出于种族保护的本能，"妈妈"才带着孩子寻找新住处的。类似这样的情况，还包括猫在临死之前的一些生活习性。

我家以前养的一只小猫，由于夏天吃了太多昆虫，腹腔被昆虫的触角刺穿，得了重病。我们虽然想了许多办法，四处治疗，最终还是没能挽回它的生命。有一天，这只原本一直趴在窝里不能动弹的小猫，突然躁动不安起来，一边发出悲鸣的声音，一边跌跌撞撞地四处乱爬，再也不安静地躺在窝里了。我们实在没有办法，只好不管它。谁知，不一会儿，它竟然使出浑身的力气，跌跌撞撞地出了院门，一溜小跑着。我还以为它打算躲进前面那片茂密的蘘荷地里呢，没想到它竟然就倒地断了气。

我想：这只小猫为什么要离开群体，独自孤寂地死去呢？大概是因为它害怕被其他猫咪闻见自己死亡的气息，也是出于种族保护的天然本能吧。想到这只小猫临死前的举动，我禁不住泪流满面。

我家养的猫，都是名不见经传的猫，从来没有养过波斯猫之类的名贵品种。其实饲养这样的"土猫"，倒省去了许多麻烦。

在涩谷，有家名叫"猪平"的酒馆，养了只十多岁的漂亮的波斯母猫。猫与狗不同，发情期主人管不了，只好任由它与普通的猫交配，产下"混血猫"。

"您瞧，这么好的波斯猫，却不能保持它纯正的血统，多可惜。"

说到这件事，老板娘总是愤愤难平。

所谓的"波斯猫"，在北京也是常见的，就是那种身上披着长毛的猫，北京人称之为"蒙古猫"。我想，要是带到日本来的话，人们肯定会认为那就是波斯猫吧。这种被称为"蒙古猫"的家伙，比起日本猫来，性情彪悍，野性十足。只有看着"蒙古猫"慢腾腾地在院子里走动，听着榆钱"沙沙"落地的声音，我的心里才会踏实，才感觉到这是我梦想中的北京生活。

我没有给猫穿衣服、戴项圈的兴趣。我以为，猫就是猫，能够让它们舒适地生活，才是最重要的。人类只要在猫的健康方面多加关注，其他的一切，都应该由猫自己做主。这难道不是我们这些爱猫的人应该做到的吗？依附人类生存，这是猫长期以来形成的生活习性。但人类喜欢将自己的兴趣、嗜好强加给猫。我觉得，这实际上是给猫添了很大的麻烦。穿衣服和戴项圈，说到底都是人类的喜好，猫怎么会喜欢这些东西呢？

说起爱猫，我想村松梢风先生大概是无人能及的。他是按照猫的数量配置猫的睡床的。冬天，他还给猫配上专用的电取暖器。在猫病防治方面，他还准备了专用的紫外线灯，以防猫患上皮肤病。另外，每一两周，就要请"猫医生"来家里一次，为猫咪们进行健康诊断。猫食则是以刺身为主食，以竹荚鱼为菜肴。而且，每当猫咪们用餐时，还会有流浪猫前来做伴。可想而知，这饭得"开"成多大的规模啊。我模仿不了梢风先生，至多也就是冬天给猫咪准备个电热床垫。即便这样，猫咪们也并没有抱怨的意思，它们挤成一堆，躺在电热床垫上安然大睡。而最让我感到开心的是，虽然猫咪们偶尔也会拉拉肚子，但并没有生过什么大毛病。

哪怕不抓老鼠，但只要有猫在，老鼠就不敢露头。这大概要算是养猫的最大益处了。在中国，自古以来，就有许多爱猫的诗人。宋朝有个诗人叫黄鲁直，他写过一个名篇叫《乞猫诗》。我在许多诗集中都读到过。所谓"乞猫"，就是向别人讨要猫的意思。与黄诗人

《乞猫诗》相对应的，还有以"送猫"为题的诗作。这些诗所表达的，就是把猫送给别人时候的心情。诗人黄庭坚在他的《谢周文之送猫儿》中就曾经这样写道："一箪未厌鱼餐薄，四壁常令鼠穴空。"他是在赞美猫咪们平时只吃一点粗食，却是灭鼠的能手。可是，猫咪们是否真的只"吃一点粗食"？对于这一点，我是存着疑问的。我们知道，猫是喜欢吃鲣鱼干的。但是，对于现在商店销售的那种"鲣鱼干"的替代品，它们就很不喜欢。我以为，猫咪们对食物实际上是很挑剔的。比如，它们不怎么喜欢沙丁鱼。与狗相比，猫咪在口味的选择上要刁钻许多。

陆游写过一首《赠猫》诗，他是这样写的："裹盐迎得小狸奴，尽护山房万卷书。惭愧家贫策勋薄，寒无毡坐食无鱼。"意思是说，猫咪为自己守护书房，再也不必担心老鼠啃自己的藏书了。可是，由于自己家里太穷，拿不出为猫咪准备毡子与鱼的钱，心里感觉很惭愧。可见，比起诗人黄庭坚，陆游对猫咪的饮食脾性了解更多。从这个意义上讲，陆游也许才算得上是真正的"爱猫家"吧。

说起"爱猫家"这个话题，又勾起我对一段往事的回忆。记得几年前，我与水野成夫[1]、宫泽俊义[2]、绪方富雄[3]等人，每周都要在日本 NHK 做节目。有时，木村壮八[4]也会来客串，组成"爱猫"

---

[1] 水野成夫（1899—1972）：日本实业家，富士电视台的第一代社长。

[2] 宫泽俊义（1899—1976）：日本法学家，东京大学名誉教授，贵族院议员。专攻宪法，是日本的宪法学权威。

[3] 绪方富雄（1901—1989）：日本血清学家，医学史学者。他在从事血清研究以外，在病理学、兰学（即西洋学术）、出版、社会事业等诸多方面都有建树。

[4] 木村壮八（1893—1958）：日本西洋画家、散文家、版画家。

与"厌猫"两大阵营，围绕"猫"这个话题展开辩论。节目播出不久，我收到了家住神奈川县的一位妇人的信和小邮包。读完信，我得知这位妇人是明治时期以爱猫闻名的动物学专家石田孙太郎的情人。小邮包里装的是用衬纸密封着的猫的照片。她在信中写道：这是我过去与石田同居时，饲养的那只名叫"太郎"的猫的照片。我已是风烛残年之人，说不定哪天就去见阎王了，这张猫的照片就寄给您吧……读着她老人家的信件，我怀着感激的心情，收下了这张珍贵的照片。

我知道，这位石田先生曾经写过一本名为《猫》的书。为猫著书立说，石田先生恐怕算是首开先河吧。我写这篇文章，并不是奢望那些不喜欢猫的人能改变对猫的态度，只是我早晚都与自家的土猫生活在一起，而且喜欢观察它们的生活习性罢了。

伙伴

　　以前，东京地区有一种习惯，就是把现在人们称的"某某小学校"一律叫作"某某学校"。所以，出生于麹街的我，就读的学校自然就叫"番町学校"了。当时的人们就是这么带着古典的味道来称呼"番町学校"的。

　　那时的番町一带，还残存着许多古老的旗本①宅子，到处可见威严的长屋门②或是冠木门③。而且，宅子的大门都是紧闭着的，门上挂着沉重的铜锁。这些大门的装置很特别，推开大门后，只要一松手，门扇就会自动闭合起来。当然，大门旁边也有开了小门的，也有把当初的小门改成拉门，并且装上了门铃的。

---

① 旗本：古代日本享受一万石以下俸禄的武士被称为旗本。

② 长屋门：日本两侧有长条房屋的宅邸的大门。

③ 冠木门：日本居民家院子的大门，在两根木柱上搭一根横木而成，十分简洁。

旗本宅地很大、很宽阔，我们这些顽童就成群结队地进去玩耍，并且一玩就忘了时间，不到天黑不回家。

在我的那些伙伴儿中，有的人家院子里种了成片的竹林，流淌着清澈的泉水，也有的人家后院里种着梧桐树，还有的人家院子里堆着假山，假山旁边装着石制的灯笼。我们这些顽童，或者用饵料哄骗泉水中的鲤鱼，当鲤鱼露出头来的时候，就扔小石子砸它们；或者将梧桐树紫色的花朵摘下来，吸取花蕊里的甜水；或者很费劲地将石制灯笼的帽子搬上搬下……总之，干的都不是什么好事。

如今，当年的那些伙伴都已经天各一方，其中许多人也都失去了联系。不过，他们的音容笑貌还是深深地印在了我的脑海里。例如，有个绰号叫"金米糖"的伙伴，家住麴街六丁目，是布店老板的儿子。有个绰号叫"阎魔"的伙伴，他的父亲是个小官员。还有个伙伴家住在善国寺谷的白酒铺旁边，绰号叫"鼻涕虫仁太郎"……"金米糖"给大伙讲过市谷大堤上"上吊松树"的故事，讲得绘声绘色，就像他亲眼看见有人在那里上吊一样，把大家吓得不轻。有一次吃便当，他只带了五六颗"金米糖"，所以，大伙就给他起了这么个绰号。"阎魔"主要是长相难看，谁都觉得他跟阎王爷一个模样。他家住在旗本宅子里，家里除了父母双亲，还有个奶奶。老奶奶喜欢把头发盘在头顶上，结成个发髻。这是个碎嘴的老太太，做事也特别讲究规矩，她特别看不惯我们这些顽童，总说我们这也不是、那也不是的，所以，大伙就在背地里称她为"鬼婆"。其实应该称她"夺衣婆"①的，可那时我们还不知道有这么个词语，就习惯性

———————————
① "夺衣婆"：日本民间传说中守候在三途河边剥取死者衣服的老女鬼。

109

地叫她"鬼婆"了。

但是，"鬼婆"去世的时候，"阎魔"却哭了。我们大家都觉得"阎魔"太可怜，也跟着他一起流眼泪。这样一来，"阎魔"的妈妈有些过意不去，就给我们每人发了个大馒头。拿起馒头，我们心里感到有些别扭，就躲到院子边上的满天星①的花荫下面，狼吞虎咽地把馒头给消灭了。

仁太郎总是拉着个苦脸，还动不动就哭。大伙觉得他很奇怪，有时就故意逗弄他。每次他都会上当，当场就抽抽搭搭地哭起来。有一天，"阎魔"家的玄关里放了一只客人的包袱。仁太郎看到后说："这个包袱怎么跟我家的一模一样啊。"这时，不知谁说了句："可能是你妈妈来了吧。"仁太郎听到这话，竟然又流起了眼泪。大伙一下子全愣住了，连忙问："怎么啦，怎么啦？"仁太郎用比蚊子还小的声音，边哭边回答道："都怪我调皮，就连我妈也被'鬼婆'叫来了。"看得出来，仁太郎是个胆小但又直爽的孩子，总给人一种心里有阴影、缺乏安全感的感觉。

后来，仁太郎患了病，没过多久就不治身亡了。也不知为什么，仁太郎的葬礼，还有一些与他有关的事情，我现在都已经想不起来了。是因为我的记忆力减退了，还是当时我根本就没有去参加他的葬礼？仁太郎死后，过了一段时间，妈妈带我去过一次位于善国寺谷的仁太郎的家里。仁太郎的父亲是个消防员，每年新年之前，家里布置装饰的时候，他都会来帮忙。所以，我们家跟他也是熟悉的。

"那个孩子虽说是个鼻涕虫，可身体并不算差啊。真是可惜

---

① 满天星：即霞草、重瓣丝石竹。

啦……"

仁太郎的父亲不无遗憾地说，声音有些哽咽。

我母亲在仁太郎的灵位前上了香，并且还在供桌上放了只当啷作响的纸袋子。要问那纸袋子里放的是什么，说出来恐怕现在的孩子们也都不知道了。那是用糯米粉做成的，红白两种颜色，形状有些像贝壳的东西。把它掰开后，里面装着诸如小鼓、笛子、不倒翁、狐狸等玩具。我妈妈知道仁太郎喜欢那些当啷作响的玩具，就给他做了许多。

我在这篇文章中记叙的，是明治末年——那个充满着明治古朴风味的年代——我们这些天真无邪的孩子之间交往的往事。

一方砚台

　　我的书桌上，放着一块石质粗粝的端溪砚[①]。我的字比较难看，日常也多用钢笔，所以，就很少用到它。说起来，我正式收藏这方砚台，已经是我晚年的事情了。但我从小就看着这方砚台端然地放在外祖父的书桌上，是早就熟识了的。

　　端砚的体形比较大，雕琢也显得很稚朴——两头狮子戏着一只球。一眼看上去，就是一方普通的砚台，一点儿也不风雅。而且，它的砚池很浅，无眼，是一方典型的实用砚。要是在古玩店卖的话，肯定值不了几个钱，但它对于我来说，却凝集着大半生的回忆啊。不仅如此，每当我面对这方砚台的时候，从江户末期到明治时期的

[①] 端溪砚：即端砚，中国四大名砚之一，与甘肃洮砚、安徽歙砚、山西澄泥砚齐名。产自广东肇庆市。肇庆古称端州，因此所产的砚台叫"端砚"。最早产于唐代武德年间（618—626），至今已有 1300 多年历史。

剧烈变化，以及社会的巨大变革，就会——浮现在眼前。可以说，这方砚台是我少年时代的珍贵记忆，也令我肃然起敬。

听家里人说，这是安政六年（1895）被判处死刑的桥本左内从少年时代起就使用的砚台。他是几岁开始用这个砚台的，现在已经弄不清楚了。可是，桥本左内的一生非常短暂，只活了二十六年。想必在这二十六年里，他也不会总是换砚台吧。也就是说，自从他开始学习，一直到他去世，大概用的也就是这么一方砚台吧。这样说来，这方砚台就是他生活当中的一个伴侣了。但这方砚台很大，他最初在绪方私塾①读书的那两年，肯定是不会带在身边的。后来，他就在福井与江户的藩邸之间来回跑。那时，这方砚台到底是放在福井，还是带到江户去了？很遗憾，已经没人能够弄清楚了。本来，我是应该在外祖母在世的时候把这件事情问个明白的，遗憾的是，现在已经不可能了。

左内兄弟姐妹共三男一女，他是长子。最小的一个弟弟叫纲常，就是我的外祖父。左内死后，这方砚台就被我外祖父收藏了。我年幼时在外祖父书桌上看到的、晚年又被我收藏的，就是这方砚台。可以说，这就是我与它的缘分吧。

我想，左内一定利用这方砚台写过许多诗与文章。其中至今记忆犹新的，就是他十五岁那年（译者注：即 1848 年）所写的《启示录》。当时，还只有十五岁的少年左内，深刻反省自己，表达了自己坚定的理想信念。他在文章中说，每天夜里上床睡觉的时候，都会

① 绪方私塾：1838 年由绪方洪庵在日本大坂开设的兰学私塾。在历史上，绪方私塾可谓人才辈出，有名家大村益次郎、桥本左内、长与专齐斋、福泽谕吉等人。

为自己的毫无作为而感到惭愧，并常常为此流下痛悔的泪水。他的《启示录》就是在这么痛烈的反省中写成的。

读他的《启示录》，最打动我的，要数《涤除稚心》那一章。他告白道：我们每个人都要经过十五岁。而我在十五岁的时候，还没有摆脱孩子般的稚气，这是一件多么可悲的事情！

他的一生非常短暂，只有短短的二十六年。可以这么说，他的十五岁，就相当于普通人的三十岁或者三十五岁。当然，他肯定不会事先知道自己是短命的。我们从他的文章中可以看到，他在为自己不能摆脱孩子气而深感悲哀。同时，也表明了他想使自己尽快成熟起来的迫切心情。我现在再读他的遗作，并不觉得那是一个青年所写的文章。怎么读，都像是一个四十岁以上的人写的东西。我们也可以这样认为，他由于过早积累了那些特别成熟的思想，才使得自己能够更加有效地利用他那仅有的二十六年的短暂生命。写完《启示录》的第二年，也就是十六岁那年，左内进入绪方私塾读书。在绪方私塾的学生名册上，还留有左内的亲笔署名。并且，他与福泽谕吉①还是校友。

世代都是藩医②的桥本家族，是从我的曾外祖父——也就是左内的父亲长纲——开始学习西医的。所以，左内进入绪方私塾读书，原本也是一件很自然的事情。这就是说，左内学医的生涯是从十六岁开始的，大致可以分为三年的"大阪时期"与两年的"福井时

---

① 福泽谕吉（1835—1901）：日本明治时期著名的翻译家、思想家、教育家，东京学士会首任院长，日本庆应义塾大学创立者。
② 藩医：指日本江户时代设在藩地的医师。

期"。二十一岁的时候，他去了江户。这样算来，他学医差不多也就六年时间吧。不过，他小时候好像跟着父亲学过一些医术方面的知识。据说，他十三岁时就曾经代替父亲出诊，去患者家里做一些简单的手术。他父亲出诊的《患者日志》，也都是由他负责撰写的。要是把这几年时间也算上的话，他从医的时间大概有十年吧。

当我听说《患者日志》都是由左内负责写的，心里就暗自想：那样的话，他肯定得使用这方砚台了。

前面说过，左内还有兄弟姐妹两男一女。其实，原先是有十个人的，当中的七个人早逝，他就只剩下了一个姐姐和两个弟弟。两个弟弟当中最小的就是我的外祖父，他是在明治四十二年（1909）六十五岁时去世的。那年我正好十岁。外祖父留学德国，是日本最早的医学博士。他与森鸥外等前辈一样，在明治时期的军医界具有很高的名望。左内的姐姐嫁给了鲭江藩的家老①木内左织。她一生始终都在外祖父的庇护之下，寿命也很长，一直活到九十岁。所以，我对她有着很深的印象。左内的大弟弟名叫纲维，三十八岁就去世了。纲维在江川太郎左卫门的门下供职。他学习过德语，本人的志向是航海。可是，左内被处以极刑后，从继承家学的需要出发，他只得改行学医。明治十一年（1878），他当上了大阪镇台医院的院长。那年在有马温泉，在数名歌妓的簇拥下散步时，他不慎坠落悬崖，意外身亡。

纲维非常出色，无论从哪方面讲都是个人才。他与兄长左内以

---

① 家老：指古代日本武家的家臣集团中职位最高的官员，由数人组成，集体研究决定政治、经济等方面的重大问题。

及弟弟——我的外祖父不一样，即便风流韵事一大堆，也并不妨碍他施展才华。起初，他娶的是学者莳田雁门的女儿，生了一个女儿。后来离了婚，又娶了后妻。那个后妻是个什么来历，我不清楚，只是听外祖母说过一两句。据说那是个纯粹的美人，二弦琴也弹得很棒。不过，她并不像他的前妻那样有显赫的家庭背景。

纲维是才子不错，可他花起钱来也是大手大脚令人发怵。我保存着当年纲维寄给他母亲的书信，基本上都是伸手要钱的。

有时候，我会不着边际地问自己：那个纲维要是寿命很长的话，将会成为一个什么样的人呢？我想，他一定会是个很有意思并很有成就的人吧。

我对左内的姐姐木内烈的丈夫木内左织也有着深刻的印象。他蓄着长须，是位很和蔼的老人。不幸的是，由于得了中风，半身不遂，住在外祖父位于相州小矶的别墅里苦熬岁月。从大矶出发，沿着东海大道西行，穿过一条险峻的山路，就是小矶。在那条险峻的山路上，在一个叫"阎魔堂"的地方，开设了一家茶社。外祖父别墅后面的山里，有几个很大的山洞，人们常常能从洞里挖出古代的陶器。别墅侧面的院子里，常常能够看到一些小螃蟹贼头贼脑地从地面上爬过。我去小矶的时候，就喜欢抓那些小螃蟹，还喜欢去"阎魔堂"附近玩。木内烈没有儿子，只有一个女儿。她的女儿招了个开私人诊所的医生做上门女婿。女儿生了个儿子后不久就病逝了。医生娶了个继室，不久又离婚了。后来，医生也生病死了，只剩下他们的儿子独自生活。

那个男孩长大后，与一群地痞无赖混在一起，就再也没脸见自家亲戚朋友了。我了解到，左内的姐姐木内烈对于自己的处境完全绝望，孤居在小矶的海边，日夜倾听着大海的波涛声。她与村妇们和谐相处，谈天说地，纺纱织布，悠闲地打发着余生。

有关左内的遗物——这方砚台，究竟是他的父亲所传，还是左内年少时买的，我一无所知。

只是，这方砚台一直是在我的外祖父那张很大的书桌上端然放着的，这个画面早已深深地印在了我的脑海里。外祖父从欧洲留学回国之后，住的是洋房，坐的是马车。每个周六晚上，他都要呼朋唤友，聚集在家中探讨平仄，饮酒作诗。他自号"簑山"，著有诗集《对床唱和集》。他在写那些诗作的夜晚，一直用的是这方端砚。如今，这方端砚来到了我的书桌上，我却并不怎么用它，任由它满身灰尘，落寞地待在我书桌的一角。

闲话"丑角"

那些看过中国戏剧演出的人，差不多都会问我同样的问题：中国戏剧在演出的过程中，演员飞啊跳啊，又吵又闹的，你说好看在哪儿呢？对于他们的说法，我不置可否。我想，要是没有找到欣赏戏剧的正确方法，就跑到剧场凑热闹的话，那么再看多少场戏，也是不得要领的。如果找个在行的人解说，遇到不明白的地方现场提出来，问题能够马上得到解决的话，用不了多久，也就能够掌握欣赏的方法了。这样就不会觉得戏剧演出又吵又闹，而是能体会到它是很凝练的艺术，观赏的兴趣也就会陡然增加。因此，我们可以这样认为，喜不喜欢戏剧，一个重要的前提是能不能掌握正确的欣赏方法。一旦体味到了中国戏剧的妙处所在，就会忍不住往剧场跑，就会变成自己的一个嗜好，就会真切地感受到它的无穷魅力。

初次去剧场看戏的观众，可能看了一会儿就会感觉很累。并且越看疑问越多：那个长须飘飘的演员，演的是什么角色？那个戴着图纹复杂、色彩浓重的面具的演员，演的又是什么角色？那个漂亮得令人难以置信的美女演员，扮演的是什么角色？还有那位鼻子上涂了一个小白点、兔须疏眉的演员，为什么特别活跃？他念台词的声音为什么这么高亢，他说的话又为什么总是逗人发笑？其实，那个鼻尖上涂白点的演员就是被称为"丑角"的滑稽演员。其他演员靠的是演技，也就是精彩的唱腔，赢得观众的喝彩，唯有这个滑稽演员，是凭借自己的一张巧嘴，用幽默风趣的道白来征服观众。弄清楚了这一点，对于理解中国戏剧的奥妙，实在大有好处。也可以说，这是初步接触中国戏剧的人入门的关键。

"丑角"一般不是一部戏剧作品的主人公，充其量也就算是个配角吧。但这并不影响"丑角"在整个演出过程中的重要作用。假如没有这个"丑角"，以唱为主的中国戏剧，就缺少了戏剧内容的解说，观众就很难理解故事情节的发展。

中国有部《玉堂春》，是以苏三的遭遇为主线的作品。日本作家泉镜花曾经模仿这部戏剧，写过一个名叫《泷白丝》①的剧本，在日本久演不衰。《玉堂春》讲的是京城名妓苏三的故事。苏三艺名"玉堂春"，与富家子弟王公子在青楼相识，一时如胶似漆。但无奈王公子金钱散尽，被迫分手。很快，苏三被妓院的老鸨卖给了富商沈某做妾，去了山西洪洞县。沈某的老婆怀恨在心，设计毒死了沈某，并嫁祸于苏三。苏三被屈打成招，定为死罪，押在牢中。而王

---

① 《泷白丝》：日本著名作家泉镜花根据其小说《义血侠血》改编的戏剧剧本，1895 年在东京浅草座初演。故事讲了一位名叫"泷白丝"的女艺人与向学青年村越欣也的悲恋故事，是新派狂言的代表作之一。

公子与苏三别后，回家发奋读书，金榜题名，当上了巡按御史。偶然的机会，得以审讯苏三的案件……这是戏剧《玉堂春》故事发展的主要线索。尤其是苏三从山西的一个名叫洪洞的小县城，被押解送往太原府的一节，可谓十分精彩。仅是这样的一个场面，在戏剧编排上用了一幕的篇幅。这一幕的名字叫《女起解》。苏三头戴木枷，在一名老年解差的押解下，自洪洞县出发，前往太原城接受复审。巧的是，这个老年解差有个与苏三年纪相仿的女儿。解差怎么看，也觉得苏三不像是会犯那样大罪的女人。但法不容情，他思虑再三，还是押解苏三上了路。一路之上，他们两个人的交集，就构成了《女起解》的故事。苏三不停地叹息，向老解差诉说自己的遭遇与冤屈。老解差则不断地劝解宽慰：沉冤终有昭雪的一天。呈现在观众面前的，是一个女囚与一个老人之间温暖的人间真情。同样不幸的身世，同样孤寂的遭遇，使得他们之间产生了一种如同父女般的感情。很快，太原府的城门遥遥在望。随着漫长旅程的结束，他们又不得不恢复罪犯与解差的对立身份了。若是说到《女起解》这一场的演技，苏三主要是通过唱段来吐露自己的衷情，而老解差则全部采用念白的形式来与苏三应答。这位老解差就是一个"丑角"，他以轻快明了的说辞，与苏三的悲伤形成鲜明的对比，呈现出精彩的舞台效果。观众如果仅靠苏三那大段大段诗一般的唱词，还是难以消化剧情的。因此，老解差采用念白形式讲的叙事般的台词，在帮助观众理解剧情方面，无疑起到了不可替代的作用。

我再举一个戏剧《乌龙院》的例子，进一步验证我的观点。这个故事出自人们耳熟能详的中国古典小说《水浒传》。故事讲的是，与宋江相好的阎婆惜背着宋江与张文远私通，并且渐渐起了歹心，利用宋江与梁山好汉之间往来的书信，要挟宋江。宋江一怒之下，杀了阎惜娇。这部戏还有另外一个名字，叫《坐楼杀惜》。无论是《乌龙院》，还是《坐楼杀惜》，基本上都是以念白为主、唱段为辅。在《乌龙院》这部戏中，扮演奸夫张文远的就是"丑角"。这是一个反派角色，他将惊慌失措的样态以滑稽的形式表现了出来，演出效果非常好。整个戏剧只有大街、居室与二楼这三个场景，而那些复杂的背景，以及故事的伏笔，都是通过"丑角"伶牙俐齿的风趣念白来交代的。可见，即使是花旦戏，"丑角"的作用也是至关重要的。

我上面举的例子，都是中国经典剧目。我以上介绍的，都是当今有关"丑角"这个角色设置的目的性问题，以及它在整部戏剧中的重要作用。那么，这样的角色在古代的戏剧中，又有怎样的作用呢？可以这样说，"丑角"在现代中国的戏剧中虽是配角，却发挥着非常重要的作用。这样的地位有着古老的历史渊源——至少我是这样认为的。还是让我们来追寻一下"丑角"的来龙去脉吧。

这是一个很古老的话题。《史记》中有一篇《滑稽列传》，记载了淳于髡、王先生、西门豹等人物的言行，想必读者并不陌生。从中我们不难看出，"搞笑"与"滑稽"之间有着非常密切的联系。即便是没有读过《史记》的人，听我这么一说，也能很快理解我所说的意思吧。如今，说到"丑角"的古典意义，那就是他的舞台念白，追根寻源，都与《史记》中的《滑稽列传》有关。这是千真万确的，没有一丝一毫的虚夸成分。所以，我所说的"丑角"的古典意义，也是源自《史记》的《滑稽列传》。

但是，我们翻开《滑稽列传》读一读，并不能从那些人物的言行中，看到哪怕是一点点的所谓"滑稽感"。或者说，并没有与中国戏剧"丑角"相通的东西。这又是为什么呢？且允许我先从这里来做解释吧。

从《史记·滑稽列传》的写作方法来看，它的重点并不是记载出场人物的滑稽言行。这就是我们今天感到奇怪的主要原因。再者，当时的人们并不重视"丑角"。面对这些人物，司马迁该怎样着墨，确实颇费踌躇。所以，在他的笔下，就只能以当时的道德规范来写这些人物了，即着重写这些人物的优点。例如，我们读到西门豹的故事时，不免会产生一些奇怪的感觉。魏文侯时期，西门豹受命去邺地任职。自古以来，邺地就有一个坏风俗，每年都要用美少女祭奠河神。所以，被女巫指定的姑娘和她的父母就只有哀叹的份了。而当地的那些绅士们认为，一旦得罪了河神，必然导致灾难的发生。这样一来，这个残害民众的恶习就始终流行于当地。西门豹到任之后，第一次出席这个以活人供奉神灵的祭祀仪式。他来到现场，首先要求见一见牺牲者。见面之后，他认为这个少女不够美，献给河神是亵渎神灵。因此，他当即表示，一旦找到新的美少女，将立刻献给河神。他命令女巫将这个意思转达给河神，命人将女巫扔进了涛涛的河水之中。女巫就这样去了"极乐世界"。西门豹与那些遗老遗少在河岸上久等，始终不见女巫归来，便命令女巫的弟子前去催促。于是，又将女巫的一个弟子扔进了河里。不用说，这个弟子也一命归西。接着又扔下了第二个、第三个……这时，西门豹命令当地的绅士们下河去打探情况。这帮遗老遗少惊慌不已，脸色铁青，赶紧匍匐在地，连连磕头，乞求西门豹饶命。最后就连额头上的皮肉都磕破了，血流满面。从那以后，用活人祭奠河神的恶习就废止了。当地的百姓怀着深深的敬意，感谢西门豹的大恩大德。这个故事里，比较出彩的是当地绅士们张皇失措、跪地求饶的场景。说怪也怪，原本是大伙一起跪拜河神的，现在却变成了当地的绅士们跪拜西门豹。但是，如果琢磨一下故事的细节，就丝毫不觉得奇怪了，并且禁不住为西门豹的机智言行叫好。《史记·滑稽列传》中的其他故事，情节也都大同小异，有的甚至还不如这个故事有趣。也就是说，这些故事与现在人们理解的"滑稽"，并不是一回事。司马迁重点表现的，是"机智"这个主题。通过机智的言行，刻画出了人物的鲜明性格与形象。我想，我们用这样的方法，就能比较准确地剖析《滑稽列传》中的人物性格。当然，这些人物虽然给人一种机智的印象，却总觉得不太真实。从故事的整体来看，既没有跌宕起伏，也不像其他人物具有传世的价值。那么，司马迁在《滑稽列传》中写这些人物，又是出于一种什么样的考虑呢？

可以说，《滑稽列传》中的人物的主要特点是能言善辩、能说会道。并且，他们在生理上还有缺陷，身份上也处于卑微的阶层。然而，令人不可思议的是，他们的言行却能够打动君侯，令他们唯命是从。我以为，这也可以说是这一类人物的一个特征吧。就这个特征来看，不禁令人感觉到当中隐含着某种神秘的东西。若想解释《滑稽列传》中的那些人物，破解这种"神秘感"是关键。

如上所述，司马迁撰写《史记》的年代，"滑稽"这个概念还远没有演变成现在的含义。实际上，后世的人们只不过是沿用了司马迁"滑稽"这个词的字面意思罢了。所谓"滑稽"，在古代完全是一个神秘的概念，或者说是一种神圣的职能。用"巫"的观点来阐释，即身体矮小如同侏儒的人，更便于与神灵沟通，有传达神灵旨意的能力。这也许就是"滑稽"这个词语最初的含义。我们现在讲的"滑稽"，是那种唠唠叨叨的诡辩。而古代人所理解的，却是不断地接受神的旨意，探索神的旨意。因此，"滑稽"所具备的异常的诡辩能力，实际上体现着神的意志。当然，具有这种异常能力的人，也并不是到处都有的。他们这些人亦是出类拔萃者，在古代社会里很受人尊敬。他们的喜怒哀乐，甚至会起到左右大众情绪的作用。这种"滑稽"中深藏的神圣的能量，对于古代人的生活具有很高的实用价值。不难想见，在古代的宫廷中，或是君侯的府邸中，这种"滑稽"的善辩者，是带有一种神圣力量的。而在《史记》写作的年代，实际上"滑稽"已经偏离了它本来的含意。所以说，《史记》所展现的"滑稽"，更具有讽刺的意味。而"讽刺"这个词语已经带有了很强烈的道义色彩，若是追溯它的渊源的话，它是神对这个世界的一种新解释，更多体现了神对人类的教诲。当然，这种"教诲"并不是对人们行为的正确与否进行判定，而是向人类公布那些未知的东西的答案。例如，"谜"这个东西，原本就是神的谕示。那么，由谁来对"谜"进行解析呢？肯定是由"滑稽"来担当啊。就此而言，"滑稽"最初所承担的就是阐释"神意"的职能。

此说来，不难看出，如今中国戏剧中的"丑角"，还令人意想不到地保存着古代的原意。就是说，"丑角"是个能说会道的角色，而他的能说会道又是以介绍剧情为要旨的。并且，就整部戏而言，"丑角"就是剧情发展的一个向导。我也经常参加一些谈话类的节目，有时也会谈到中国戏剧中的"丑角"。诚如论语"驷不及舌"所说的那样，人们除了修身养德外，还应该充分认识到加强谈话技巧训练的重要性。

玉堂春

　　江户时期的小说读本或画本小说所描写的故事，内部派系纷争无疑是最重要的主题。所谓"内部派系纷争"，简单地说，就是那些企图谋害幼君、密谋另立对自己一党一派有利的君主的奸臣，与忠于幼君的老臣以及宫廷内眷、年轻一代之间争夺君权的斗争。而在这样的阵营对垒中，家族关系的作用就显得微乎其微。也许，我用"家族关系"这样的一个词语，还很难说清楚其中的缘由。那么，就让我再说得具体一点吧。一般来说，在涉及君位的派系之争中，必然是以复杂的家族关系作为背景的。可现实并非人们想象的那样，事件的发生往往不是以家族关系为背景的，而只是事件与人物的一种组合。从这一点上来说，江户时期的小说读本或通俗插图小说，有着中国古典章回小说的浓重投影。当然，江户时期的小说读本也好，画本小说也好，都是日本的文学作品，与中国的章回小说并不是一回事。

要想弄清中国的家族制度，就得先剖析中国古典的章回小说。中国的章回小说具有江户时期的小说读本或画本小说无法比拟的强大的粘合力，在严酷的家族制度之下发生的各种故事，成了小说创作的主要素材。当然，不同于现代小说，章回小说采用的创作手法大致都是令人吃惊的、简单的合理化推导。不过，这并没有关系。我总觉得，在中国的章回小说中，似乎总弥漫着一种难以言表的中国式的情感纠葛。

就说《玉堂春》吧。它不是小说，而是一部戏剧作品。在现代戏剧作品中，它是深受人们欢迎的；从上演的场次来看，也是首屈一指的。这部戏源于从前的一个说唱故事，在很长一段时间里，是一种以三弦琴伴奏的说唱艺术形式。那时，它的名字叫作《玉堂春全传》。后来，经过改编，精炼了篇幅，简化了情节，就成了现在上演的戏剧《玉堂春》了。

故事说的是一个叫王景隆的巡按使，巡视到了陕西洪洞县，审理刑事案件。当时，有个名叫苏三的女子，因为谋杀亲夫，正在接受审判。堂上，王巡按与两名陪审员一起，开始审理苏三杀人案。王巡按看到站在堂上的苏三，一下子就认出了那就是以前与自己热恋过的京城名妓"玉堂春"。当年，王巡按曾经与玉堂春相好，如胶似漆，互许终身。谁知，王景隆花光了银子。俗话说，"金钱尽，缘分了"，他只好忍痛诀别玉堂春，回家奋发读书。后来，王景隆考取了状元，得到了现在的官职。而玉堂春则被妓院老鸨卖给了洪洞富商沈洪为妾。沈洪的老婆皮氏嫉恨苏三，便悄悄下了毒药，哄骗苏三亲手喂沈洪服下。喝了毒药的沈洪七窍流血而死。如此，就酿成了苏三"谋杀亲夫案"。

在审理的过程中，王景隆想到当年分别时，这个女人曾经赠予过自己银两，又想到自己发奋读书、博取功名的艰辛过程，心中如同火烧。而今，站在判官位置上的他，再也无法冷静地审理这个案子，不由得大喊一声："吾妻！"他这当堂一喊，惊呆了两个陪审。于是，他只得假称身体不适，退堂而将案子交由陪审处理。

这就是戏剧《玉堂春》中被称作"三堂会审"的桥段。最后的结局是，苏三被宣判无罪。这是一个典型的"善有善报，恶有恶报"的结局。虽说平淡无奇，但说唱本的《玉堂春全传》较之戏剧《玉堂春》，故事情节要复杂得多，出场的人物也要多得多。前些时候，中国的小说史研究家阿英①发现了乾隆年间刊行的二十二卷本《玉堂春全传》，详细记载了其作为说唱本历经编撰的情况。这样，我们就能轻而易举地了解说唱本的内容了。两厢对照，改编成戏剧的《玉堂春》，要比说唱剧本简练了许多。例如，毒杀沈洪、当堂审理等情节，都巧妙地做了简化处理。同时，戏剧《玉堂春》出场的人物也都没有超出《玉堂春全传》的范围。也就是说，《玉堂春全传》是原著，内容繁杂、人物众多，而《玉堂春》是以它为蓝本而改编的剧本。

用"毒杀嫌疑"作为一部戏的主线，这样的写法绝非《玉堂春》独有。元曲《窦娥冤》采用的也是同样的手法。不过，《窦娥冤》不是"谋杀亲夫"，而是"谋杀老爷"。但写"毒杀"，写嫌疑人的冤屈故事，这两部戏的手法如出一辙。我们应该注意到，在《玉堂春》

---

① 阿英（1900—1977）：原名钱德富，笔名阿英，安徽芜湖人，中国现代文学评论家、文学史家、作家。

与《窦娥冤》这两部作品中，"毒杀"，原配与小妾、婆媳之间的感情对立，才是戏剧矛盾冲突的核心，再就是经济上的问题，导致了"毒杀"这样的严重后果。并且，最终的结局是冤案（以上的两部戏剧中，女主角实际上是在不知情的情况下被他人设计利用"杀"了人。所以，也不能说完全是"冤案"），使得读者和观众都松了一口气。

我是个"京戏迷"，光是《玉堂春》这部戏就不知看过多少回，却总是看不够。程砚秋、荀慧生、尚小云他们演的戏就更不用说了。但他们现在都隐退了。新艳秋、言慧珠，和已经去世的陆素娟等女演员演的戏，我也大多看过。我每次看或是听他们戏的时候，总是在想，日本古代的小说读本或是画本小说作品中，也会出现这样的"毒杀"情节，但处理起来就很简单、很机械，不会像中国的戏剧作品那样，与家族制度的压迫，与经济问题、生活问题联系起来，而引起极其复杂的情感纠纷。

写到这里，我的脑子里便浮现出了泉镜花的小说作品《义血侠血》。说《义血侠血》可能有许多读者不知道，但我要是说后来改编成戏剧的《泷白丝》，大概知道的人就多了。我要是能找个机会，在泉镜花生前问问他，这部《义血侠血》的构思是不是受到了《玉堂春》的启发，就不会留下悬念了。可我一直没有去做这件事，如今成了极大的遗憾。

我认为，镜花的小说中是有《玉堂春》的影子的。这两部作品在故事情节上有许多相似之处，就是最有力的证据。除此之外，作者还有意识地在许多地方规避了《玉堂春》中那些具有明显中国特点的细节。这不就更能说明问题了吗？

例如，《玉堂春》里的"毒杀"的桥段，到了《义血侠血》中，就变成了"血刃"，完全写成了真实的现场犯罪。《玉堂春》里的开堂审理场面，写得很温情，甚至容易给人以徇私枉法的印象。而在《义血侠血》中，审判的气氛极其森严可怖……类似这样的细节，可以列举出很多。与《玉堂春》可喜可贺的大团圆结局相反，镜花的作品则是让代理检察官的村越欣也暗示证人泷白丝自杀。最终，泷白丝咬舌自杀，村越欣也枪杀自尽。村越欣也用自杀的方法，表达了自己对泷白丝的个人感情。就这个结局的处理而言，不能不说很具有镜花特色。从某种意义上来说，也很具有日本特色。

如果说，泉镜花真的知道《玉堂春》这个故事，那么，他又是通过什么途径获取的呢？这部小说发表在明治二十七年（1894）的十一月，那时的镜花还在红叶山人①的门下。或许他是从出入尾崎红叶的客人那里，偶尔听到了《玉堂春》这个故事吧。

当时，无论是在日本还是在中国，中国戏剧小说研究尚未展开，所以我很难想象红叶或是镜花亲自读过《玉堂春》的剧本。

要是我的猜测没错，镜花最多也就是曾经听说过《玉堂春》的故事。然后，他根据这个线索，发挥自己的想象力，最终写成了这么一部举世闻名的佳作。说起来，若是在巨匠生前把这些事情问清楚了，也就不至于现在还带着疑问，写下这么一篇求证的文字了。

---

① 红叶山人：即日本著名作家尾崎红叶。

池水清清

这是一个很古老的话题。转眼间，四十年过去了。当时，还是中学生的我，突然从"山手"①的居住地搬到了"下町"②。我生长在"山手"地区，从生活习惯到说话口音，与"下町"地区都有着很大的不同。所以，当我突然搬到"下町"居住之后，各方面都感到不适应，一时真不知所措。

我在"下町"的家很大，院子里还有一个很大的池塘。池塘那边是用石头垒的假山，有小径通往假山上。每到花季，棣棠花就会开成一片，它们美丽的影子倒映在水中。池塘的这边，有一棵很大的石榴树，花红似火。花影也倒映在水中，景致十分优美。

---

① "山手"：日本东京相对于地势较低的"下町"而言，位于地势较高的高台区域的住宅区。过去曾经是高档社区的代名词。

② "下町"：日本东京的工商业区域，主要是指地势较低的发达地区。特点是店铺与住宅一体化，人口密度很高。过去曾经是贫民区的代名词。

住宅周围的路很窄，感觉这个住宅就像是被一圈小巷子包围着。而且，建了石头的围墙，在我们小孩子看来，有一种与世隔绝的感觉。不过，房子周围的胡同巷子倒是给我带来了不少乐趣。挂着印有"生意兴隆"字样的四角灯笼的关东煮摊点、煎饼摊点，还有什锦甜凉粉摊点等，这些东西现在都得去商店买了，可在那时，都是由小商贩挑着担子上街叫卖的。

我们这些孩子是怀着怎样迫切的心情，在胡同口等待前来卖货的小商贩啊。像我这样出了名的淘气的中学生，每天都兴冲冲地从这个胡同口跑到那个胡同口，四处寻找小贩们歇挑子的地方。

"我们家池塘里的水，是来自神田川的啊。"

老人们总是喜欢唠叨这件事。可我该怎样接他们的话呢？我不知道。我看不到我家池塘的水管子，怎么会知道水是从哪里来的，又是怎么来的呢？

"这话好像有点奇怪啊。"

渐渐地，我开始这么想。

在石头围墙外边的一个胡同里，住着常盘津的女师傅。隔扇窗户的前厅里，挂着很大的灯笼。到了夜里，那些灯笼就点亮了。我从自己学习室的窗户往下看，恰巧就是那位女师傅的屋子。那是因为，我的学习室是在仓库的二层楼上。而那个仓库又是依着石头围墙建起来的。所以，从学习室的窗口往下看，女师傅家房间里的情景看得一清二楚。与我年龄相仿的镇上的姑娘们出出进进的，轮番前去接受培训。她们进到房间里，端坐在女师傅的面前，分别做着自己的功课。我就这么目不转睛地盯着她们，却把自己功课的预习忘在了脑后。

现在回想起来，当年集中在女师傅家学习的，也都是一些十几岁正值青春期的女孩子，而我也是情窦初开的少年，所以哪有不喜欢在窗口张望的道理？就这样，我每天都猫在窗户边上，饶有兴致地观看，但女孩子们或许并没有察觉。久而久之，我对她们的每张面孔都十分熟悉了。当然，有时候会有新面孔加入进来，有时候也会有老面孔消失。但这都不是问题。因为，在观察的过程中，我已经弄清了其中一些女孩子家住何处、是谁家的女儿等情况。我真没想到，仓库的这扇窗户，就像是我了解这个世界的一只大眼睛。

　　在家人的眼里，我似乎变得爱学习了。有时，家里的老人也上楼来检查我的学习情况。见我面前确实放着打开的教科书与词典，而且还端坐在书桌前，一副聚精会神的样子。这样一来，也就找不到责备我的借口了。

　　"这孩子，这么一门心思地学习也不是个事啊。"

　　家里人甚至都用这样的词语来夸我了。

　　唉，我哪里是在学习啊！在这期间，我只是慢慢地背会了一些常盘津的歌词，学会了一些唱腔，学会了唱段之间的过门——

　　"筑波根的摩卡……"

　　有一天，我无意中竟然打着拍子唱出了这么一句歌词，就连我自己都吓了一跳。我赶紧打住，连忙告诫自己，以后再也不能做这样的事情了。

　　那时，镇上的女孩穿的都是和服，前襟都是扣着的。而前襟的色彩各种各样，怎么看都是那么的妖冶动人。这些来常盘津演习的女孩子们，无疑都是精心打扮过的。发式也好，服饰也罢，都花了许多功夫。

我最喜欢帽子店老板的女儿，她的名字叫日佐，是个鹅蛋脸姑娘。她和服前襟上配的是箭翎图案，常盘津的唱腔从她的嘴里唱出来，似乎别有一番趣味。每次偷看过她的练习之后，我都恨不能马上就跟她在一起。后来，我又喜欢上了风筝店老板的女儿，她的名字叫阿绪。她和服前襟上配的是网状纹的图案，肤色略微有点黑，但也是鹅蛋形脸。在常盘津的唱功方面，虽说她不如日佐，但脸型也是我喜欢的。我为什么要把她排在第二位呢？她唱得不如日佐，这是一个理由，但更主要的还是阿绪给我一种恐怖感。她每次走出演习所的大门，都会抬头看一看上面的仓库，瞪我一眼。此时的我，就连忙低下头，装模作样地翻阅起教科书来。类似这样的窘态，我几乎每天都在重复。

我家住的这个地方只有一条街道，街上大概有六七十户人家。我家围墙外面有座规模比较小的稻荷祠，每年夏季都要举行祭祀活动。由于附近的胡同很狭窄，祭祀那天，我们家就打开后门，让参加祭祀的人进到院子里来。这时，池塘的周围就会呈现出从未有过的热闹景象。

有一年稻荷祭祀的时候，我家池塘边的石榴花开得正红火。就在那石榴花下，我遇见了日佐，并且与她做了短暂的交谈。幸好日佐并不知道我总是在仓库二楼的窗口偷看她演习的事情，我心里的石头总算落了地。同时，我又在担心：要是阿绪也来了那就麻烦了。好在那天没见到阿绪。我知道，要是当初阿绪没有使劲瞪过我的话，按我当时的心意，肯定会把对阿绪的喜欢上升到第一位，而把原来第一位的日佐下降到第二位。不过，要是偶然相遇了，她还是用严厉的目光瞪我的话，我肯定会感到害怕，说不准又要改主意了。

又过了许多年，我从那个有池塘的住宅搬到了谷中。在经由团子坂前往三崎町的坡道上，常常能够见到往来于博物馆上班的森鸥外的身影。

我的新家紧挨着全生庵①，这里正是埋葬三游亭圆朝的地方。现在倒是听不见三弦琴的弹奏声了，取而代之的，是清晨与傍晚梵钟的敲击声，嘹亮而悠扬，仿佛在催促着世间的轮回。并且，在这期间，我也将日佐与阿绪这两位姑娘渐渐地淡忘了。

我已经长大了，好歹也算是个大学生了。

有一次，一个同年级的同学突然把我叫住。

"啊呀，你不请客怎么说得过去呢！"

这个同学突然来了这么一嗓子。他是一家证券交易所老板的儿子，生长在"下町"，并且是从"下町"考进了大学。也不知道因为啥，他没头没脑地说了这么一番话。

"阿绪，阿绪那个女生你认识吧？"

阿绪！就是那个总瞪我的阿绪？除了她，我再也不认识第二个阿绪了。我看了他一眼，没吭声。

"她在常盘津演习所学习期间，你不是总盯着人家看吗？那个女生也喜欢你呐。不过，现在已经成了别人的老婆啦。这是个好消息吧，你得请客啊！"

说完，他放声笑了起来。我追问他是怎么知道这件事情的。他支支吾吾，就是不肯告诉我。

阿绪喜欢我？！看来这小子还真不坏。就是因为阿绪总瞪我，

---

① 全生庵：位于日本东京都台东区，是临济宗国泰寺派的寺院，藏有大量日本名画。

我以为她看透了我的心思，就武断地把日佐排在了第一，而把她排在了第二。现在回想起来，我也未免太孩子气了。这么说，阿绪瞪我是另有深意啊。当时我真是太幼稚了，什么也不懂啊。不过，现在再怎么捶胸顿足也没用了。

每当我想起这件事，总是免不了要联想起当年的那些往事。

"我们家池塘里的水，是来自神田川的啊。"

虽然我不怎么相信老人说的这句话，但也说不准啊。进水管道是那样弯弯曲曲，谁又能弄得明白呢？水不还是一直都在流过来嘛。这就像阿绪的心思，只有我一个人弄不懂啊！

茉莉花旅馆

出得青山，信步迈上宫益坂，只见"第一园艺店"门前摆放着许多茉莉花盆栽。这花刚开时是鲜鲜的紫色，随着时间的推移，会渐渐淡去，最终变得雪白。因此，白色的花朵与紫色的花朵挤在同一株花枝上，真是美得无法形容。

我一直不知道东京也能够种植茉莉花，而且价格只有350日元。当然，即便它再贵上三五倍，我也会毫不犹豫买下来。

捧着一盆茉莉花，往回走的脚步别提多带劲。那花儿浮动着暗香，弥漫着特有的妩媚气息，使得华灯初上的街道越发悦目与艳丽。

茉莉花令我想起了十七八年前的苏州之旅。

苏州城是石头子和水做成的，是那种精心雕琢的精致。马车跑在老旧的石子路上，发出"嘎嗒嘎嗒"的声响。一路上，马车走过一座又一座流水的小桥。"乐乡饭店"坐落在苏州的繁华市区，却很安静，是一处不错的住处。

我住的房间的东南方向有窗户，敞亮极了。那日虽是蒙蒙细雨，天色却并不晦暗。突然一阵暗香袭来，但见映衬着雨幕，窗台上放着一盆茉莉花。那花香，犹如妙龄女子的浅笑，顿时令我的居室粲然生辉。

　　乐乡饭店确实不错，只是这里的人说的是吴方言，只有一位男性经理会讲北京话。他帮我办了许多事情，可他很忙，我不能什么事情都麻烦他。平时，只要摇一下铃铛就会有人前来。遗憾的是，我听不懂苏州话。

　　"要是能找个懂北京话的人，给我做两三天导游就好了。"

　　我前思后想，终于试着向经理提出了请求。

　　"是啊——"经理沉吟了片刻，"有位女招待懂点北京话，让她给您做导游如何？"

　　"女招待？那么给点小费就可以了？"

　　"是的，费用的事我去跟她说。"

　　经理所说的"女招待"是餐饮部的工作人员。一切准备就绪，我想，这次的苏州之行由一个姑娘做导游，一定会妙趣横生。

　　不一会儿，那姑娘来了。宝蓝色旗袍，外罩一件粉红色毛线衣，看上去很雅致。谈吐之间略带吴音，但并不影响用北京话交谈。

　　她带我去了虎丘、留园和拙政园。四处品尝苏式小吃，还观看了地方戏剧表演。

　　她见到我房中的茉莉花，脱口而出，道："我最喜欢茉莉花了。"

　　离开苏州的那天，我送给她一盆茉莉花，作为分别的礼物。

（1995 年陈雪春译，刊登于《姑苏晚报》"怡园"副刊）

遥远的海

　　家住品川至大森一带的孩子们，应该至今对大海还有很深刻的感受吧。至少，与我们这些住在"山手"高台地区的孩子们相比，与大海更有亲近感吧。在我们这个年纪的人看来，大海早已是十分遥远的记忆了。填海造地自然是一个原因，可比那更重要的，还是那种陌生的海的气味——海岸边建起了一批又一批的城镇，强烈地冲击了我们对大海最原始的印象。

　　我读中学的时候，家住在浅草桥旁边。那时，祖母隐居在浜川。每逢周六，我们会特别高兴地去她老人家隐居的房子里住一晚上。我们乘坐的电车"咣当咣当"地开过去，要经过北马场、南马场、青物横丁等地方。一路上都是沿海风光，那种清新怡人的感觉真的令人兴奋，令人流连忘返。

　　我们在浜川车站下车，距离祖母隐居的地方已经很近了。我们从一条小路走过去，路上到处都是散乱的贝壳，脚踩上去发出"咯吱咯吱"的声响。

走在海边的小路上，深吸一口气，胸腔里马上就会有一种特别爽朗的感觉。那是最真切的大海的味道，哪能不令人心醉！

不用说，那时的京浜线电车还没有延伸到现在的品川站，八山站是它的终点站。所以，我们得在八山站换乘"市电"①。换乘之后，立刻就感觉踏上了不同的土地。因为，从东京到八山站的道路，就像东京的街道那样平坦，而从八山站开始，道路就像是旧街道一样，一路摇晃颠簸。虽然书本上说东海道的起点是日本桥，可在我的印象里，它的起点应该是八山站。我想，那是由于我们换乘之后，感觉自己像是到了另外一个世界，而造成的某种错觉吧。

我们从车站出来，往左拐，沿着那条小路一直走，走到尽头就是祖母的住处了。

祖母隐居地的房子大约有 100 多平方米的样子。她家里空荡荡的，没什么东西。院子里有个池塘，一股微细的水流从后面的山坡上无声无息地流下来。这股水流来自后山竹林的深处，所以，我从来没有找到过它的源头。

成群的鲤鱼沉浮于池塘清澈的水中。刚刚还看到红色的锦鲤在游动，突然，翻一个水花又不见了，真的很好玩。有时，我会一直蹲在池塘边上，呆呆地看着鲤鱼们在水中游戏。

院子里贝壳也很多，如同雪花一样，散落得满地都是。而且，若在院子里走动，脚下也会发出"咯吱咯吱"的声响。我还记得，要是遇上英语考试的话，我就会在院子里一边踩着贝壳，一边背英

---

① "市电"：日本市营电车，也指行驶在街道上的路面电车。

语单词。

　　祖母家旁边是时任东京府知事的阿部先生家宽阔的宅邸，住着幼年时代的阿部金刚[①]。右邻住着佐贺的一个富翁，姓锅岛。锅岛家真是没法与阿部家比，房子要小许多。他家二楼向阳一面的玻璃窗户，总是闪耀着刺眼的光亮。

　　锅岛先生有个非常漂亮的女儿，是个很懂事的中学生。我哪有不喜欢这样的女生的道理？有时，我在家里的院子仰望二楼的阳台，会看到玻璃窗户里，那个姑娘就像池塘里的锦鲤鱼一样浮现出来。每当她出现的时候，我都会瞪大眼睛看着她。可她又总是像锦鲤鱼一样，转眼间就不见了踪影。

　　我是个外来者，总是在周末过来玩。在这样一种全新的环境里，心情也特别好。左邻右舍都是本地人，与我对这块土地的感情自然是不一样的。当时，我听说阿部金刚君与锅岛的女儿关系不一般，心里马上就有一种五味杂陈的感觉。但那并不是嫉妒或焦虑，只是一种外来者敌不过本地人的劣势感。

　　浮世绘店铺的老板松木，也曾经在那里隐居过。当时，松木婆婆带着她的孙子阿幸住在那里。阿幸与我虽然不在一所中学，但我们从小就是好朋友，所以，我也就总是去他那里玩儿。松木婆婆喜欢金丝雀，房间里到处都养着这种鸟。我特别讨厌小鸟的气味，每次他邀请我去吃饭，都被我拒绝了。不能不说这也是一件伤脑筋的事情。

　　我还常常去海晏寺玩。在江户时期，那里曾经是红叶的名胜之

---

① 阿部金刚（1900—1968）：日本的西洋画家。

地。可当我们去那里的时候，已经没人再提红叶名胜之类的事情了。

我中学毕业上了庆应大学之后，也还常常去浜川玩耍。我总是在那附近溜达来溜达去的。虽然不再像以前看望老祖母那样每个周六都去，可也还是喜欢与朋友们一起乘坐京浜线的电车。我还记得，我们一伙人曾在鲛州的泽田屋尽情地品尝螃蟹的美味。在那个年代，只要花上一日元就能吃上螃蟹，还能喝上两杯，吃上新米煮的饭。由于泽田屋一带是渔民们的居住地，所以，朦胧的月光之下，晾晒着大片渔网的风景，也并非难得一见。

那时，我们虽然嘴上谁也没有说，但都真切地感受到了大海浓重的气息，都怀着喜悦的心情呼吸着海边的空气。大伙儿都明白自己特意跑到海边到底是干什么去的。

我们曾经十分熟悉的大海，如今已经远离了我们，就如同青春已经远离了我们这一代人一样。一切的一切，都仿佛消逝在了茫茫的云烟之中……

父亲

我的父亲是个职业军人。他出生于明治初年，从小受到的家庭教育，一方面是古代的武士道和旧式的儒教，另一方面又呼吸着文明开化时代的新鲜空气，好像开创了一个家庭教育的新时代。这里用了"好像"这个词语，是我经过思考加上的感想。比如，我们家里有好几册法国人维果①的漫画。父亲总是一边晚酌，一边翻看维果的漫画册。

维果是陆军士官学校的法语教师，是生活在日本的法国人。他是一位以犀利的观察力而著称的画家，创作了许多揭露当时日本社会弊端的漫画作品。

父亲之所以会有那么多维果的漫画作品，想必与他在士官学校

---

① 维果（1860—1927）：法国漫画家、插画家和艺术家。虽然维果在他的祖国几乎不为人知，但在日本因讽刺漫画而闻名，他的这些漫画描绘了日本明治时期的生活。

跟维果学过法语有关。不过，父亲并没有跟我们说过这些事情，平时只是独自一人翻看那些漫画。一句话，我们的父亲，对于他的子女来说，就是一个威严而可怖的存在。

每天早上，全家人都得跪在大门口，恭送父亲去上班。傍晚，家里人不管手头在做什么，都得赶紧放下，跑到大门口迎接父亲的归来。当然，这样的做法，并不是父亲的要求，估计是母亲在娘家时就养成的习惯。我记得，在身居军医总监、宫廷顾问官的外祖父家，送行与迎接的仪式是更加隆重的。

父亲像明治青年一样，也特别喜爱"娘义太夫"。这都是听母亲说的。只要有丰竹吕升的义太夫演出，他就会与母亲一起前往观看。虽然母亲从小就学习"长呗"①，并不会弹义太夫的三味线，但有时父亲晚酌时喜欢哼哼《壶坂》的曲调，母亲就在琴弦上夹一个打了孔的钱币，模仿义太夫三味线的声音来弹奏。因为在琴弦上夹一个打了孔的钱币的话，弹奏时就会发出比较粗的声音，听上去就像是义太夫的粗杆三弦琴的声音……母亲说过的这些话，我始终记在心里。

不过，有关义太夫的事情，父亲从来不对孩子们讲，只是跟母亲一起嘀咕。越是如此，我们这些孩子就越觉得那是很神秘的事情，所以总在想，父亲要是也能跟我们说说这些事该有多好。每当想到这些，心里常常就会有一种被冷落的感觉。

"小孩子还是不要知道那些事情的好。"

有一次，我听到父母又在聊这个事，觉得挺好玩的，就插了句

---

① "长呗"：日本以三味线为主奏乐器的一种音乐体裁，属于歌舞伎舞蹈的伴奏乐。

嘴。没想到，父亲毫不留情地丢给了我这么一句话，真是一点面子也不给啊。为什么只有大人可以说，孩子们说就不行？对此，我是怎么也想不通。当然，在家里，类似这样想不通的事情，不仅仅是义太夫，食物方面也是如此。

父亲喜欢喝酒。所以，家里每天晚饭的餐桌上都有好几样菜。但我们吃的东西是完全不一样的。

"这些东西不是你们小孩子吃的。"

这就是父亲所有的解释。除此之外，他再也没有多说一句话。其实，我也并不是特别想吃他的下酒菜。有时，我看到他吃一些没见过的东西就会问：

"这是什么呀？"

"这些东西不是你们小孩子吃的。"

父亲并不作答，而是用他的老话把我们顶回去。我想，他或许误以为我们是想吃他的下酒菜吧。

母亲是我的第一个老师。我学习汉籍的启蒙老师就是我的母亲。

那时候，英语、汉文和数学算是社会上最热门的学科，也是最重要的学科。这种趋势一直延续了很多年，差不多一直延续到大正年间。人们普遍认为，汉文的学习与英、数不同，除了文字、词汇的学习之外，用现在的话说，还涉及人的人格形成与成长。

我觉得，母亲辅导我学习汉籍，与其说是让我记忆文字或词汇，倒不如说更重视我的人格培养。这虽说也是父亲的要求，但更主要的还是源自她自幼在娘家所受的教育，所以就延续了下来。

我学习汉籍是从素读《日本外史》开始的。当时，我还没到上学岁数，对于那些方块字倒也不觉得有什么难的。现在回想起来，

144

就是一种糊里糊涂的感觉。也不用管那些方块字是什么意思，只要记住它们的长相与读音就可以了。比起大人来，我们小孩子的记忆力更强，背诵起来更快。"素读"这种学习方法在日本古来有之，大概就是利用幼儿时期记忆力好这个优势吧。

我就像小和尚念经似的，读啊读啊，居然将一部《日本外史》给背诵下来了。在背诵的过程中，我竟然感觉自己或多或少对文章的内容有了一些理解。我在母亲给我的那本《日本外史》教材当中，看到许多地方都夹着红纸条。

"这是'疑问纸条'，在容易忘记和不会读的地方贴上这样的纸条，好问先生啊。"

母亲向我解释道。这本教材是母亲小时候用过的。也许，这些"不确定纸条"就是母亲自己夹进去的呢。

不用说，素读的训练是很烦人的。而且，要是不完成功课的话，就不许吃点心。没办法，我就只好每天很不耐烦地端坐在母亲面前，一遍又一遍地背诵那些枯燥的文章。

"你要是不想在我跟前好好读书的话，就只好把你送到大先生那里去了。"

母亲总是这么软硬兼施地对我说道。不过，我的想法是，与其被送到很可怕的大先生那里，还不如在母亲的身边好。所以，为了不落入可怖的大先生之手，我也就只好巧妙地与母亲周旋了。

我做梦也没有想到，这种幼年时期的教育，竟然会左右我的一生。我想，母亲当年也未必料想到吧。

母亲是个悠闲的人，出身在高贵的家庭里，从小就接受艺术的训练与熏陶。也许正是这个原因，她总是避开父亲，带着我去看戏。

只要有戏看，我们是不怎么在意剧场大小的。例如，市村座、本乡座、新富座，还有真砂座、山崎座这些小剧场，母亲都领着我去过。夜里父亲在家，所以，我们就白天去。在母亲看来，与其一个人去看戏，还不如带上我。再说，也算是有了个外出的借口吧。

　　一直以来，菊五郎、团十郎都是经常出入我母亲的娘家的。我后来读圆朝的演出剧本，剧本上经常提到我外祖父的名字。可见，他也是我外祖父特别喜欢的艺人之一。我母亲在家庭浓厚的艺术熏陶下，也很喜欢这些场面。

　　母亲总喜欢带着我去参拜赤坂的丰川稻荷神社。丰川稻荷神社面朝大路，那个斜开着的大门就像个戏台似的。所以，我也挺喜欢去那里参拜的。

　　后来，我长大之后，可能对母亲讲起过这件事。母亲听完，笑着对我说道：

　　“听你这么一说，还真的像戏台呢。”

　　有人说我母亲有坚定的信仰。其实，在我看来，她就是迷信。多少年来，我的裤腰带上一直都挂着护身符，里面装满了从成田山、水天宫等地方求来的“护身符”。

　　“你这样的话，会受到神灵惩罚的！”

　　当我用脚踩踏护身符的时候，母亲总是这样训斥我。

　　正月里，家里总会来许多客人。这时，父亲就会请艺人来表演，用以招待客人。以前的艺人是上门表演的，这也是他们做生意的一种方式。每逢此时，父母各自都会请来自己喜欢的角儿。母亲自然不用说，就连平时不苟言笑的父亲也是谈笑风生。这样难得热闹的机会，我当然就更闲不住了。

想想也是，我的父母其实都是表里不一的矛盾体。父亲平时很难接近，给我们一种可怖的印象。可遇到亲友聚会时，却也显得很有趣。这样的情形，对于我来说，感受就更加深刻了。

　　我对自己的子女是抱着自由放任的态度的。也许，大正时期的青年人所接受的教育，都是自由放任的吧。当时的年轻人也许还没有完全意识到自己已经摆脱了明治时代的桎梏，但也已经深受自由主义的侵染了。有时，我也在想，对孩子们的教育，是不是应该施加一些明治时期的那种强制性更好呢？

儿时旧忆

　　有人说，世上没有天生完美的人。但我认为，人的缺陷总归也得有个度吧。要是过分了，以至于弄得身败名裂，那一生也就无幸福可言了。有些人好奇心强，对这个也感兴趣，对那个也喜欢，什么都想学。结果，正应了荀子那句"鼫（shí）鼠五技而穷"的名言。说不定还真是身通百艺，而潦倒一生呢。

　　然而，若是遇上个什么毛病也没有的人，那就更难受了。每天都那么板刻地生活着，没有一丁点乐趣可言。把生活安排得像个钟摆似的，睡醒了就吃，吃饱工作，工作累了再睡……如此往复，日复一日，年复一年，就像台机器似的。到后来，就连自己也糊涂了，不知为啥到这个世界上来了。

　　不用说，世上有许许多多这样的人。有时，他们还会津津乐道自己板刻的生活，而将苦闷深深埋藏在心底。当然，这样的人是决计不肯敞开心扉说真心话的。

明代张岱在他所著《陶庵梦忆》一书中，曾经说过这样一段话，大意是：没有癖好的人不可交，因为他们没有深情。没有缺点的人不可交，因为他们没有真心。张岱所说的"深情"也罢、"真心"也好，说到底，就是"诚心"的意思吧。这句话说的是人的特点——有癖好的人、有缺点的人，他们的癖好或者缺点，也许有时会给他人带来麻烦，但正因此，造就了他们的仁爱之心。

俗语说，"江山易改，本性难移"，指的大概就是那些有癖好的人，譬如那些喜爱书画的人、喜爱看戏的人、喜爱金钱的人。当然，那些有盗窃、纵火癖好的人，则是一种反社会的心理疾病，我们姑且不论。说得再通俗一点，所谓"癖好"，就是指那些年轻时就染上的难以更改的生活习性。

可以这样认为，任何一种"癖好"的产生，都是有一定机缘巧合的，是与当事人所处的环境、朋友的圈子、欲望等分不开的。回顾我个人的经历，追寻"癖好"形成的原因，虽说很难，但也能说个十之八九。

我有这么一个"癖好"——生来就喜欢美色。也就是人们平时所说的"好色"吧。当然，"好色"与"癖好"这两个词还是不太一样的。思来想去，我就给自己的这种"癖好"起了个比较文雅的名字，叫"爱婉癖""爱芳癖"，或者"爱媚癖"。

翻阅宋玉的《登徒子好色赋》，看到书中的"好色"一词，总觉得用这个词来形容我的这个"癖好"有些不恰当，所以就选用了"婉芳""爱芳""媚芳"这一些类似中国妇女名字的词语。对于我的做法，也许有人会耻笑是"五十步笑百步"，但任凭别人怎么笑话，我还是不能接受"好色"这个词语。

要是仔细琢磨一下"好色"这个词语，我倒觉得它言简意赅，容易理解。所谓"好"，就是特别喜爱的意思；所谓"色"，除了用"婉""芳""媚"等来形容，大概再也找不到更恰当的词语了。

最近一段时间，深夜无眠，我就会回忆自己的那些"爱婉癖"是怎样"偶然"形成的。虽然往事如梦，但要是深刻反思的话，机缘巧合也是难免的。

我出生在东京麴町的纪尾井町。家里有个仓库，挂着张幽灵般的画像，给人阴森可怖的感觉。大概过了一年，我们就搬走了，也就没有对这个家留下太深的印象。长大以后，家里人告诉我，那栋房子是我的出生地。而且，我也常常从那里路过，很熟悉那栋房子的外观。它位于麴街的后街，普林士宾馆的对面，也就是现在从赤坂见附去麴町大街的途中。那是一条很清净的街道，哪怕是在当时整个东京市区，也并不多见。紧挨着那栋房子的，是一家叫作"齐藤满平"的药局。再往前走，就是山本先生的住宅。山本的儿子后来与我成了番町学校幼儿园的伙伴。我还记得，他脸上有一颗很大的红痣。许多年后，他成了与谢野宽先生的女婿，但不幸的是英年早逝。从山本家宅子再往前走，就有法院、食品店、烟卷店等建筑物，在那里左转弯，爬上一个缓缓的坡道，就到山元町了。

我儿时生活的记忆，就是从这个山元町开始的。

我们在山元町的家，院子的大门是黑色的冠木门，大门到玄关之间是一块很大的空地，看上去令人心情舒畅。这扇看上去有些腐朽的冠木门，一直用到将近昭和年间。我每次从那里路过，心里都会涌出一种怀旧的情感。我家宅子的马路对面是一座高台。高台之上是土肥庆藏①博士家的豪宅。从土肥博士家前面的坡道往下走，向右转弯，在左侧的高地上，能够看到一栋涂着油漆的洋楼。那里也住着一位医生，名字叫岩井祯三。我后来才知道，安倍能成②从学生时代起，就一直住在岩井家。也就是说，幼年时代我与安倍能成就是邻居了。说来有趣，当时的日本只信德国的医术，可岩井却跑到美国去学医。从这一点上来看，岩井医生显得有些奇怪，却是个十分爽朗而又和善的人。我印象最深的，就是他冬天出诊时，进屋后的第一件事情是对着火盆烤鼻子。烤暖和了，才抬起头来，笑嘻嘻地跟人们打招呼。

也许我说的这些都是鸡毛蒜皮的事情，就像路边野草一样不值得一提。但即使是路边野草，也都是在山元町所发生的事情啊。

阿绪是我家的女佣，大概十六七岁的样子。我已经不记得她是什么时候来我家，又是什么时候离开的了。我能够记得的，有雪后初晴的天气里，她背着我去法院后面的空地上看晚霞；还有春天明媚的阳光下，她隔着庭院的木栅栏，给我采摘通草的果实；再就是她总是背着我上厕所。我记得的这三件事情当中，最后的那件事，我的印象特别深。

那时我还很小。阿绪平时就用棉背篓将我背在背上，哪怕是上厕所的时候，也那样背着我。她关上厕所的门，蹲在小便池上的样子，是我平时看不到的。这足以引起童年的我的好奇心。在厕所微

---

① 土肥庆藏（1866—1931）：医学博士，东京大学皮肤科教授。他是日本将西医引入皮肤科的第一人。
② 安倍能成（1883—1966）：日本哲学家、教育家、政治家。

弱的光亮里，我能够清楚地看到她那白胖的膝盖，听到她撒尿的声响，还有她用卫生纸擦屁股的动作……这些画面是多么强烈地刺激我着的神经啊。每次，她背着我进入厕所，我的心里就在想：这可是我与阿绪两个人的秘密啊。而这个秘密又总是时刻缠绕着我，成了我生活中的一种期待。我竟然把如厕这件事当成了乐趣。

现在想起来，那大概是明治三十五六年的事情吧。要是依据阿绪背着我的情况来推算的话，应该是在我三四岁的时候。再怎么算，那时我也不会超过五岁。然而，这样的一件事情，对于我后来产生的影响，却可以说是永久的、巨大的。可以肯定地说，当时播下的虽是一颗小小的种子，可它发芽了、生根了，最后长成了我的"爱婉癖"这棵大树。一旦回忆起这件往事，我不免发出"晓日临窗久，春风引梦长"的感慨。

那个阿绪到底长得怎么样，平时又是什么样的衣着打扮，我一概都不记得了。但奇怪的是，唯有她头发上的气味我记得特别清楚。那是一种略带甜味的令人留恋的气味。也难怪，因为我一直都是坐在阿绪背上的棉背篓里，能够时刻闻到阿绪头发的气味。这自然也就成了我儿时最亲切的记忆了。

在我儿时的记忆中，还有一位姑娘也是令我难以忘怀的。

那是一个梳头女。在明治时期的东京，发型师一般是按照事先约定的日期，一家家上门服务。而在发型师上门之前，会有个打下手的姑娘先上门接洽，给客户梳头发，用热水将不规整的头发弄顺。这个打下手的姑娘就叫"梳头女"或"梳子手"。梳头女与发型师是师徒关系，规矩自然是不能逾越的。

总来我家服务的女发型师叫阿福，是个身强力壮的中年妇女，做起事来十分麻溜。阿福使唤的梳头女叫什么名字，我已经想不起来了。可她的身材容貌，我一直记得很清楚。我记得很清楚，主要是因为她肤色白皙，笑的时候脸上有俩酒窝，还长着一对小虎牙。我至今还记得她干活时的样子。她在洗脸盆里倒上热水，将毛巾浸泡在里面。过了一会儿再将毛巾捞起来拧干，敷在妈妈的头发上。然后她就会使劲地将妈妈的头发往后捋，大概是要将头发熨平整吧。就在她使劲的过程中，身体会有节奏地前后晃动。我总是喜欢站在妈妈的身旁，目不转睛地看着她。

偶尔，梳头女也会把我背在背上玩一会儿。按理说，梳头女在客户家是不能待很久的，只要工作结束了，就必须马上赶往下一家。但不知为什么，她喜欢背着我玩。当然，她背我的时候，并不是把我放在背篓里，而是将我直接背在她的后背上。有时她会着急地对我说道："快下来，快下来！我要上厕所。"说着就坐到了地板上。这时，我嘴里一边说"讨厌，讨厌"，一边更紧地依偎在她的背后。十分困窘的她，只好叹息一声："真拿你没办法！"只得背着我进厕所。我没有儿童背篓的保护，很容易滑落到地上。所以，我就使劲用双手扒住她的肩膀，紧紧地趴在她的肩上。就跟阿绪带我上厕所一样，我能看见她肉肉的膝盖。她褪下的裙裾正好裹住了我的脚，那种温热的舒适感，是我从未有过的新的体验。

我为什么不愿意从梳头女的背上下来呢？究其根源，还不是跟阿绪在一起的时候养成的那种习性？阿绪带着懵然无知的我上厕所，从而给我带来了异常的乐趣。我从来没有主动要求阿绪背我上厕所，可这回我竟敢主动缠住梳头女，逼迫她带我上厕所了。

这些事如今给我的印象，已经不再是儿时留在脑海里的那种模样了。大概是在长大成人之后，回忆起这些往事的时候，添加了许多色彩的缘故吧。但不管怎么说，如今还能回忆起当时的情景，说明这件事情是真实存在的，并且始终十分鲜明地印刻在我的脑海里。同时也表明，儿时的印象是难以磨灭的。例如，儿时看到的路边上的沟渠是怎样的宽，坡道是怎样的陡，堤岸上的松树又是怎样的高大。但等到成年以后，再看到这些景致的时候，就会发现它们与自己印象中的相比竟小了许多。不过，流淌着的沟渠、上升的陡坡、耸立的松树，都是真实的存在，绝非虚幻的假想。要是成年之后，再也没有机会重新见到这些沟渠、坡道与松树的话，那么，在人们的脑子里，流淌的沟渠自然还是那么宽阔，坡道依旧是那么陡峭，松树的枝叶仍是那样伸入云霄吧。不知是幸还是不幸，阿绪也好，梳头女也罢，都是普通而温顺的明治女孩。她们曾经在我的生活中出现过，发生过一些同样细微的事情，然后又都从我的生活中消失得了无踪迹。那些留在我儿时印象中的"细微的事情"，构成了我对儿时生活的难以磨灭的回忆。当然，如果仅仅如此倒也还好，问题是，现在回过头来看，那些深刻的印象，伴随着年龄的增长，在我发育成长的过程中，真的有一种难以遏制的恐怖萦绕在心头。

关于日俄战争的记忆，对我来说实在是有限得很。例如，父亲出征时，我去新桥车站送过行；正在外祖父家门前的苏铁盆栽旁边玩的时候，有个男人急促地按着门铃，来投送报纸的"号外"；有个名字叫"浅藏"的男子，在外祖父家值夜班，曾经带我去看过某处被大火烧毁了的派出所的遗址；还有我在位于银座的西洋食品店——菊屋的二楼上观望父亲他们凯旋的队伍……大致也就是这么一些支离破碎的印象吧。但现在回想起来，就是那个阶段，在我身上曾经发生过一些可以称之为"爱婉癖"的故事。

日枝神社的祭祀日，从来都是麹街孩子们眼巴巴盼着的。一台又一台的山车①驶过，大伙都跑到大街上去观看。这些山车各有特色，有的在车顶装饰着天岩户大神②，有的装饰着猿田彦大神③，有的装饰着神功皇后④，有的装饰着山姥⑤等各种各样巨大的木偶像。而车厢里就是艺人与舞蹈演员们表演的场所。许多志愿者在家门口摆了茶水摊子，供参加祭祀的人们饮用。那些拉山车的汉子纷纷跑过来，痛饮茶水解渴。

我外祖父的宅子位于如今王子宾馆的斜对面、全国市长会馆的旁边，正巧是山车进入麹街四丁目的必经之路，于是我们也在门前设立了一个茶水站。

"他们家摊子上的可不是茶水哦，简直就是比蜜糖还甜的糖茶啊！"

我还记得，不知是谁家的女人，在对参加祭祀的人们如此介绍道。看来，茶水桶里装的还真是糖水啊。那些跑过来痛饮糖水的既有拉车的伙计，也有附近鱼店的伙计，还有风筝店的小伙，他们都会开开心心地跟我打招呼。

---

① 山车：日本祭祀活动中用于表演节目的可移动的车辆，大多用花卉、人物造型等装饰，十分豪华，夺人眼球。

② 天岩户大神：在日本的《古事记》里也被称为天岩屋户，是岩石形成的洞窟。传说太阳女神天照大御神躲进天岩户，世界顿时陷入一片黑暗。

③ 猿田彦大神：日本神话里的神。《日本书纪》记成猿田彦命，《古事记》则记作猿田毗古神、猿田毗古大神、猿田毗古之男神。

④ 神功皇后：古代史书记载的日本传说中的女帝。

⑤ 山姥：日本传说中居住在深山中的女妖，会吃人，也称"鬼婆""鬼女"。她装扮成美妇，会给在山中夜行的旅人提供住宿和食物，等旅人就寝后，即将旅人生食。

"快瞧，那不是阿绪嘛！"

突然，站在旁边的母亲像是有了什么重大的发现，大声地对我说道。我朝街上一看，面前的那辆山车上，跳舞的女孩子们就像花儿一样。我急切地四处寻找，可她们穿着统一的戏服，又都戴着花笠、化了浓妆，再怎么找，我也弄不清哪个是阿绪。

"啊，在那儿，在那儿！"母亲一边说，一边用手指着前面。可我还是看不清楚。此刻，焦急与惆怅的情绪一下子全都涌上了我的心头。我的眼前似乎又浮现出了两三年前在厕所里看到的阿绪那白花花的膝盖。我深知，那样的情景如同梦幻一般，早已离我而去，这辈子都不会再有机会见到了。于是，我的心里就更加厌倦眼前祭祀活动的热闹氛围。山车载着花团锦簇的女孩子们，在笛子与大鼓闹哄哄的伴奏下，很快就从我们的眼前消失了。

战争期间，母亲也许是心中寂寞的缘故，经常回平河街的娘家住。所以，我也就跟着母亲往外祖父家跑。一年当中有许多时间，我是住在外祖父家的。

外祖父是文明年代的留学生，深受西方文化的影响。我家住宅采用的是红色的砖瓦。他外出乘坐马车，早餐是卡利奈的面包与咖啡，晚饭也是吃西餐，只有周六晚上吃日本料理。他在有生之年一直保持着这样的生活习惯，所以西餐厨师每天都得来上班。我还记得，厨师是个动作缓慢、说话有些不利落的男人。不过，性格倒是很温和。可他嗜赌成性，是警察局的常客。

"听说，厨师摊上官司了……"

我听到女佣们这么窃窃私语，也曾好奇地跑到厨师的房间张望。

可是，厨师此刻正坐在自己的房间里，边吸着烟，边与别人愉

156

快地交谈着。对方也是一副开心谈笑的样子，看来是太平无事的。她们为什么要传闲话呢？我真是弄不懂这些大人的事。

不过，我长大成年后听说，那个厨师一旦出事，必定是要被带去警署审讯的。所以做个赌徒也真是不容易啊。但那时的赌徒还是懂规矩的，一般不做伤害他人的事情。他赌归赌，只要有本事，做个厨师之类的手艺人，也不会受到什么影响。家里的厨子总是被捉到警署去，虽说外祖父老人家知道了也会不开心，但并不影响他对这个厨师的器重。

"那个厨师做的菜，斯克里巴先生也挺喜欢的。"

外祖母总是喜欢把这句话挂在嘴边上。斯克里巴与裴尔茨都是德国医生，与外祖父的关系很密切。多少年来，外祖父一直没有断过与他们的交往。

阿绪就是这个厨师的女儿。这个情况，我是许多年后才听人说的。她很擅长沿街卖艺，尤其是舞跳得极好，在行的人都说她像是"花柳派"①的传人。

"都是她爸爸不争气，让自己的女儿吃了不少亏。"

有一次，我听母亲跟谁说起过这样的话。那也是我长大成年之后听到的。我心底里就暗自猜测，母亲所说的"吃了不少亏"，一定不是随便说说的，绝不是指学校学习成绩不好之类的小问题，说的是男女之间的性关系啊。听到这个消息，我马上就想到了自己小时候与阿绪之间的那些事情，心里就一直很纠结。

---

① "花柳派"：日本舞蹈流派之一，全国的弟子大约有两万人，是日本最大的舞蹈流派。1849 年由花柳芳次郎创建，因而被称为"花柳派"。

明治三十九年（1906），我进入番町小学校学习。在学校里，我总是喜欢跟长得好看的女生玩。紧挨着学校的四谷见附大街的左手边，是成濑家那一长条带有"武者窗"①的老房子。那处旧宅子里有一块很大的空地，堆放着几只用来调油漆的大木桶。有个男人手拿船桨般大小的木头铲子，悠闲地搅动着木桶里的油漆，发出"哗啦哗啦"的声响。那些木桶里的油漆散发出来的气味很难闻，特别呛鼻子辣眼睛。但我并不在乎这些，还是照样每天跑到那里去玩。那是因为在成濑家那排老房子里，住着一个与我一起在番町小学校读书的漂亮女孩。不知什么原因，那个女孩没有父母，跟着爷爷奶奶一起生活。她爷爷是个盲人按摩师，平时经常来我家做按摩。老人脸上长满了麻子，是个先天性的盲人。他的直觉特别好，仅凭一根拐杖，即使是从来没去过的地方，也都能够来去自由。大伙都夸他聪明。我很快就与他家孙女儿成了好朋友。我们经常在漆臭熏天的空地上玩，而且总是玩到日落西山，常常挨她爷爷的骂。

　　在那块空地的一边，是成濑家族的稻荷神社与神乐堂。所以说，那里并不是真正意义上的荒地，而是稻荷神社的领地。可是，那里平时除了鸟粪就是油漆味，实际上也就是一块再平常不过的荒地罢了。不过，要是在祭祀的日子里，那里还真像个神社的样子，一下子就铺开了许多卖肉桂、蜜橘水、葡萄饼的摊点，还有"噼啪"作响的小玩具，孩子们玩得可热闹啦。

　　盲人爷爷孙女的名字，我已经想不起来了。只记得肤色微微有些黑，但眉眼长得很精巧。她还是个很有才气的女生，各科学习成

---

① "武者窗"：日本武士在沿街建造的长排房子，外墙设计有又长又宽的格子窗户。

绩都非常好。她的歌也唱得很好，经常受到东仪先生的表扬。这位东仪先生很可能就是宫廷音乐世家东仪家族①的一员。我当时的小学校真是卧虎藏龙，居然还有这么有来头的老师呢。

在一个略带寒意的傍晚——我记不得到底是深秋还是初春了，总之，是个冷飕飕的天气，让人有一种很想抱在一起取暖的冲动。

我与那个女孩蹑手蹑脚地走进了阴森可怖的神乐堂。傍晚时分，天色已经很暗了。屋子里的光线很暗淡，勉强能够看到对方的脸。那个女生像是突然想起什么似的，轻声对我说道：

"哎——我们玩个医生的游戏，好不好？"

"'医生游戏'？怎么个玩儿法？"

"医生治病，不就是按按胸脯、敲敲屁股什么的。现在你是医生，我是病人。怎么样？"

"那多没意思啊。"

"啊，挺好玩的！我经常跟男孩子们玩的。"

我听她说"经常跟男孩子们玩的"，心里就不由得有些冒火。这一上火，也就什么都顾不上了。再看时，那女孩已经坐在了昏暗的木板上，敞着怀，高高地撩起了衣服的下摆，整个肚子都露了出来。我心里怦怦直跳，学着医生看病的样子，用手掌按住她那完全露在外面的温热的肚皮。而她也学着病人的样子，大声地喘息着。我随着她的喘息声，上下移动着手掌。就在那一瞬间，我猛然想起了阿绪。

---

① 东仪家族：日本自奈良时代至今已有1300多年历史的雅乐世家。由于其音乐在宫廷和寺庙持续传承，在日本具有很大的影响力。

当时，成濑家的长房子已经褪净了色彩，看上去十分破旧。而在那房子破败的角落里，这个女孩就像野草丛中盛开的花朵一样，鲜明而生动。明治时期的东京，无法与如今的东京相比，是很狭小很狭小的。呈现在人们眼前的，完全是旧时代的颓废景象。后来，国家采用新式的教育体制，高等小学校①四年，寻常小学校②四年。寻常小学校改成六年制义务教育，是在我上小学读书之后的事情。恰如我家居住的番町附近还遗存着许多旗本住宅、大名住宅的长屋子一样，人们一面难以割舍旧时代的情结，一面又开始展露出战胜国③的近代意识……也许，这就是我们所处的那个时代之所以混乱的原因吧。这样的景象，难免会影响到孩子们。在孩子们的世界里，似乎也显现出一种介于"破坏"与"建设"之间的不平衡。

我对阿绪白乎乎的膝盖那如梦似幻的感觉，没想到在这幽暗的神乐堂中，通过亲手抚摸盲人孙女的胸部和腹部，而演变成了现实。"战胜国"也罢，"战败国"也好，在我们面前所呈现出来的，无非就是一个巨大的漩涡而已。想必，杜甫那句"万事干戈里，空悲清夜徂"的感怀，也绝非是糊弄人的虚妄之词。

---

① 高等小学校：日本旧制的小学校，为寻常小学校的毕业生进入高一级的学校接受初等教育而设立。最初的学制为四年，后来改为两年，为非义务制教育。
② 寻常小学校：日本旧制的小学校，满 6 岁的儿童必须接受初等普通教育的义务教育的学校。是依据明治十九年（1886）的《小学校令》设立的，最初的学制为四年，明治四十年起，学制改为六年。
③ 这里指日俄战争中，日本为战胜国。

男女博弈

男女结合成婚，是一种具有赌博性质的博弈，也是一种具有博弈性质的冒险。我这样说，可能会遭到一些人的非议。那也无所谓。挑选西瓜还有熟与不熟的风险呢，更何况是挑选老婆？

有的男人肩上始终背着婚姻的沉重包袱，终身不能解脱，就像陷在泥潭里一样，"噗嗤噗嗤"地艰难前行。有的男人倒是能够痛下决心，但总是不吸取教训，于是反复遭遇重大的挫折。有的男人经过两三次的选择，最终走出阴影，获得了新生……可见，世界是如此复杂多变。但也正因为有了这样的复杂多变，才迫使我们在选择的时候多一些思考。

我们就以《玩偶之家》这部戏剧中的海尔茂与娜拉为例。这部戏剧展现在人们眼前的，是男女双方都"赌"输了的事实。赌博的结果，无非有赢有输吧。要是说到男女之间的话，也无非就是双方都赢了或双方都输了的问题。最后，海尔茂是个大输家，娜拉也是个大输家。双方的结局都很悲惨。这就是易卜生戏剧故事的最终结果。既然男人是把女人当西瓜来挑选的，就不要怕麻烦。同样，女人要是摊上个不称心的老公，这个老公也会成为一只被抛弃的"烂西瓜"。

点数是大是小？一旦掷了骰子，它在碗里"骨碌碌"转动的瞬间，大局就已经定了。男人之于女人，或者女人之于男人，双方是输还是赢？投下的这颗"骰子"，其意义无疑就是"关原合战"①。所以，绝不可轻率从事。话虽这么说，可每天的报纸都会告诉我们，那些由于轻率地掷了"骰子"而酿成悲剧的，简直不胜枚举。最可怜的，还要数那些已然经过反复思考，可最后还是出了大偏差、吃了大亏的男女们。因为很多情况是无法分别谁对谁错的，也就只能用"可怜"二字来表示同情了。

这么说来，我觉得顶好还是不掷骰子。假如是一场真正的赌博，要是不掷骰子，赌博就一直不能开始。但遗憾的是，世间的男女，即使不掷骰子，也未必就没有问题。男人喜欢女人，或者女人喜欢男人，假如 A、B 双方相互欣赏的话，事情就好办了。可是，如果 A 心里很喜欢 B，而 B 却不知道，A 就得竭尽全力让 B 知道自己的心思。A 好不容易，总算让 B 知道了自己的心思，B 也有相同的想法，接受了这份爱情。这样，双方就进入了热恋的阶段。即使周围有人提出反对意见，也一概不理睬，合力冲到结婚这个终点，把结婚当成是解决一切问题的"灵丹妙药"。这样的做法，到底是好还是不好呢？

---

① "关原合战"：日本庆长时代（即 1600 年）发生于美浓国关原地区的一场战役。以关原之战为核心，日本全国各地也都纷纷发生了战斗。

原本双方就情投意合，或者开始时是单方面有意，进而达到彼此相爱。这两种情况或许会有一些不同，但不管怎样，彼此相爱的恋人结婚，就像是轻轻一掷骰子，立马就能赢钱的赌博。这里需要特别强调的是，假如双方都引而不发，或者静观，或者默然相对，或者虎视眈眈，如此，大概就很难走进婚姻的殿堂。因为在这个过程中，说不准哪一方的热度就下降了。从热恋中降温的一方，感觉到彼此难以善始善终，就会提出分手的要求。可另一方还没有意识到相互之间存在的问题，这就容易产生悲伤甚至绝望的情绪。当然，随着时间的推移，忍耐一下就会过去的。如果那是一颗露珠，不必留恋，它迟早都会消逝在阳光下的。然而，我们经常会在报纸上看到有些人手挥利刃追求"爱情"的报道。那实在不是什么理智的行为。可世上的人千差万别，谁又能够保证人人都能理智地去处理感情问题呢？在这里，我想往深里说一句，那就是：即便是一见钟情的伴侣，彼此的感情也一直维持得不错，也不要忘记相互忍让这个最根本的男女相处之道。

　　我这么说或许会遭到有些人的非议，说：你现在没有被这些事情困扰，当然说得轻松啦。这话也没错，但我还是坚持"忍让为上"。

　　无论男人还是女人，要是一见钟情的对象劈了腿，被劈的一方往往总是很痴情，认为在这个世上再也不会有比他更好的人了。这是一种沉溺于纯粹的爱情之中不能自拔的表现。我想对你说：你的这个想法错了，快点清醒过来吧。俗话说，当局者迷。你身在其中，当时这么想也未必有什么不对，可事实完全不是你所想的那样。等到你第二次、第三次再恋爱的时候，一定还会有更好的他出现。千万不要把自己封闭在痛苦中，干出傻事来。

当然，我所说的"更好的他"的出现，也是需要一个过程的。等到自己的情绪稳定之后，这个"他"自然而然地就会出现了。要是过了十几年后，再回过头来看看那个当初令你神魂颠倒的他，你自己可能也会感到不可思议：他到底是哪儿值得我那么不顾一切地去追求呢？

　　在这个世界上，所谓称心如意的婚恋对象，其实并不是绝对存在的。每个人的婚恋历程，实际上都是在寻找一个"比较"称心如意的对象罢了。所以，忍耐，再忍耐，反复忍耐，乃是寻找一个"比较"称心如意的对象的要旨所在。如此，那些投掷骰子的男女，就可能在这场婚恋的"赌博"中减少一些损失。

森鸥外与我的外祖父

　　读森鸥外的《德国日记》，看到明治十七年（1884）10 月 12 日，也就是在抵达柏林的第二天，他便前往特普菲尔斯旅馆，拜望了桥本纲常[①]。森鸥外要行叩拜礼，桥本"摇了摇手，没让他跪拜"。接着，就领着他去了日本公使馆、大山陆军卿的住处等地方。拜访完毕，他们又回到特普菲尔斯旅馆，在那里共进了午餐。餐桌上，桥本分配森鸥外从事卫生方面的研究工作。从森鸥外 13 日至 15 日的日记来看，他连续三天到桥本的住处，接受桥本的工作指示。18 日，桥本离开柏林，森鸥外前往火车站送行。

　　这位桥本纲常，当时是东京陆军医院院长，兼东京大学教授。作为军医，他可以称得上是森鸥外的前辈。桥本是在明治十七年 2

[①]　桥本纲常（1845—1909）：医学博士，日本明治时期的陆军军医，日本红十字医院第一代院长，东京大学教授。

月作为大山陆军卿的随员，搭乘法国的"门萨雷"号海轮，经由那不勒斯到达柏林的。他此行的目的，主要是考察德国陆军的卫生制度与欧洲红十字会的运行机制，调查日本加盟国际红十字会该如何履行手续等事项。桥本是陆军派出的第一批留德学生，从明治五年至明治十年，他在德国留学了五年之久，这是他第二次来德国。在柏林逗留期间，正巧赶上晚辈森鸥外初到德国，便给予了许多帮助。

这位桥本纲常就是我的外祖父。

据说，当年，外祖父接受了派遣欧洲留学生的任命。有一天一大早，留学愿望十分强烈的青年军医森鸥外来到外祖父的家里。外祖父告诉他，现在得马上去一下医院，不一会儿就回来，让森鸥外在家等他。可是，外祖父上班之后，又去了第二医院做手术，就把森鸥外等他的事情忘了个一干二净。等他手术结束回到家的时候，已经是夜里 7 点多钟了。也就是说森鸥外在外祖父家等了十几个小时，这才见着了面。森鸥外把自己希望能够作为随行人员前往欧洲留学的愿望陈述了一遍，外祖父告诉他，随行人员是内部确定的，很难再做改动了。听完外祖父的话，森鸥外失望而归。过了不久，森鸥外作为特例，被破格批准前往德国留学。这样，外祖父与森鸥外才得以在柏林相见。在柏林期间，外祖父对森鸥外的种种关照，读一读森鸥外的《德国日记》就一目了然了。我想这不仅仅是一个前辈对晚辈的关照，当初，就在森鸥外的留学愿望即将落空的时候，外祖父大概就动了怜悯之心吧。当年森鸥外来看望外祖父时，外祖父住在市谷见附街道最里边的旗本住宅一排很长的房子里，房子外墙涂的是黑油漆。住宅的总面积大约一千多平方米，有十八九个房间，相当宽绰，我母亲等子女都是在这里出生的。后来，他家从这里搬到了麹町的平河街。所以，我根本就不知道当年森鸥外是坐在哪个房间的。外祖父家搬走以后，这栋房子被改建成了"榊（shén）医院"，但黑色的油漆大门一直还在，后来是被战火焚毁的。

那天，森鸥外在家里等候外祖父的情况，是外祖母告诉我的。从早上等到晚上，午饭自然是要在家里吃的。我听外祖母说，森鸥外就那么默默地吃着，并没有说什么，然后继续坐等，一直到晚上外祖父回来。而当时他的愿望没能立即现实，想必离开的时候一定十分沮丧。

在《德国日记》中，还有两三处出现过外祖父的名字。我也读过他回国之后——明治三十一年（1898）1月20日的日记，得知外祖父在筹建陆军医科大学的过程中，森鸥外出谋划策，尽了不少力。1月16日，为了筹建陆军医科大学的事情，森鸥外与菊池常三郎①一起，前来拜访外祖父。当时，我们家已经搬到了平河町。所以，这件事情在我少年时期的记忆中还是有印象的。记得当时森鸥外就坐在那间十张榻榻米大小的房间里。而这间房的前面，是一间四张榻榻米大小的房间。这个房间紧挨着一边的长廊，一头与红色砖瓦搭建的二层小洋楼相连，另一头则通过那条横穿院子的形状怪异的半圆形拱廊，与外祖父的书斋相连。房间前是一片宽阔的草坪，草坪尽头是一块洼地。走过洼地就是一个高坡，生长着一片竹林。在草坪与洼地的边界上，放置着雪见灯笼②，竹林里也安放了

---

① 菊池常三郎（1855—1921）：日本明治至大正时期的医生、医学博士，曾任日本陆军军医总监。
② 雪见灯笼：日本家庭院子里常见的石制照明器具，亦作装饰物。雪见灯笼比较低矮，上面顶着一个大帽子，由三根短矮的石柱支撑。

一座类似五层塔的灯笼。所以，从这个房间看出去，满眼绿色，风景怡人。

森鸥外的日记显示，他受外祖父之命，起草了陆军医科大学的筹建方案，然后将其呈献给了桂太郎[①]。

外祖父是在明治四十二年（1909）2月18日去世的。森鸥外在2月12日与17日曾两次去医院探望重病的外祖父。2月18日发丧的同时，成立了治丧机构，森鸥外也是治丧机构的成员之一。在22日的下葬仪式上，森鸥外身着陆军礼服，从麹街的平河町到青山斋场，一路扶棺前行。我当时是寻常小学四年级的学生，手里捧着外祖父的灵牌，也行走在送葬的队伍里。直到现在我还记得，由于是旧式的葬礼，长长的送葬队伍被花圈、放生鸟等点缀得色彩斑斓。当队伍缓缓经过赤坂见附附近时，竟一时堵塞了小火车行进的铁轨。

大正四年（1915）秋天，在麻布的长谷寺为外祖父建了纪念碑。揭幕式那天，作为立碑委员之一的森鸥外，对碑文进行了解读。碑文是由竹添进一郎撰写的，引用了许多《诗经》《左传》中的典故。森鸥外逐字逐句、十分庄重地做了阐释。虽说竹添井井也在场，但是他已经老迈，难以胜任。我还记得，当时排在队伍中的土肥庆藏就曾经感叹道：代替撰写人解释碑文，而且还是当着碑文撰写人的面，真不愧为森鸥外啊！

就在这一天，我被正式介绍给了大文豪森鸥外。当然，我当时还是个中学生，只是战战兢兢地站在一边，没敢吱声。

那天下雨。悄无声息的秋雨绵绵不断。

---

① 桂太郎（1848—1913）：日本武士，政治家，陆军大将。

关于外祖父的纪念碑，我记得森鸥外在他晚年所写的史传《伊泽兰轩①》中也曾经提到过。不过，后来都毁于战火。

---

① 伊泽兰轩（1777—1829）：名信括，号兰轩，日本江户时代末期的医生、儒者。

回想三田

说起这个话题，便离不开永井荷风[①]。

庆应义塾大学刊发有一份名为《三田文学》的期刊，有时还会增发一些如《自由剧场号》之类的特刊。荷风、森鸥外、上田敏[②]、小山内薰[③]等先贤一直是《三田文学》的执笔人。尤其是荷风，文笔沛然，风靡一时，以无限的魅力吸引着我们这帮单纯的文学青年。不用说，荷风就是我们膜拜的文学之神。

上面的那些想法，说到底，也都是我一厢情愿。我是如此钦慕

---

① 永井荷风（1879—1959）：日本小说家、散文家，1902 年以自然主义倾向的小说《地狱之花》成名。

② 上田敏（1874—1916）：日本评论家、诗人、翻译家，文学博士，京都帝国大学教授。由于以"柳村"为号，所以平时以"上田柳村"的笔名发表作品。

③ 小山内薰（1881—1928）：活跃在日本明治末期至大正、昭和初期的剧作家、演出家、批评家。

庆应义塾这所大学，可对它的情况却一无所知。放着福泽谕吉那么重要的人物不去追慕，只要听到一点荷风的消息，便坐立不安。直到大正九年（1920），我还一直以为荷风在庆应执教呢。可见我是愚蠢到家了。

我考入庆应义塾大学后一看，惊讶得目瞪口呆。第一，荷风早在大正五年就辞职离开庆应义塾大学了。第二，我一直认为庆应义塾大学是以《三田文学》杂志而闻名于世的，但实际上，在学校里，并没有人在乎《三田文学》期刊是否存在。而且，这个学校最热门的专业竟然不是文科，"理财科"才是最受欢迎的。我考进这个学校时，理财科已经改名为"经济系"。再往下就是新设的医学系……如此这般出乎意料的事情接踵而来，悲哀的情绪也就如同潮水一般，猛然淹没了我的心田。

大正九年，正值庆应义塾大学招生制度新旧更替的一年。旧制的预科是两年制，而新制的预科则是三年制。并且，无论是旧制还是新制，都享有同等的资质。这就是说，按照旧制招来的学生，可以占一年的便宜。招生刚开始的时候，采用的是旧制招生。后来就改成新制招生了。幸运的是，我参加的是那种可以占一年便宜的旧制的招生考试。可等到入学一看，我这个班上，居然有将近一半是留级生。这又让我大吃一惊。原来，新制招来的是那些没有任何瑕疵的新生，而"浊水"自然就都流到旧制这一边了。原来，这是学校要的一个花招。

没办法，我这个班真是"浊水"横流啊。在那些留级生当中，有几个还不只"留"了一年，差不多可以算是"万年预科生"了。平时在班上，这些人就像是"牢头狱霸"，肆行无忌。所以，我们这个班是个名副其实的"野猴班"。荷风不在了,文学没有了,我今后的路该怎么走?真有一种丧魂落魄之感。

入学后不久,又出了一件令我这个丧魂落魄之人更加吃惊的事情。我进了学校的大门,顺着左侧的坡道往上走,这时突然听见后面有人在喊叫:"等等,等等!"我回头一看,是个神情很严肃的年轻人,分明是在叫我呢。只见他身穿优雅的和服,手里抱着一只装满书籍的布包袱。从他的模样来判断,大概是个高年级学生。

"你好像是文科生吧?来学校打算学什么专业啊?文学?还是算了吧!这个学校也没有像样的老师。学校根本就不懂什么是学问与艺术的尊严。"

这又让我大吃了一惊。心想,这小子倒是挺有意思的。

"啊,不过,你好不容易考上了,还是好好学习吧。要是有什么不懂的,全都可以来问我。再见!"

说完,他就踏着坡道扬长而去。

自那之后,我走在路上,只要遇到他,就会被叫住交谈几句。这个男青年叫O,是国史专业的学生,博学多才。虽说他学问很好,但那种过分热情与严肃的神情,总让我的心里感到有些不安。

有一天,他气焰嚣张地对我说道:

"我在研究北畠(tián)亲房①。要是说到亲房的各种问题,我敢夸口,在日本没有人敢与我较量。我的论文要是发表的话,有一些学者肯定要哭鼻子。当然喽,要是跟这个学校的老师说起我的研

---

① 北畠亲房(1293—1354):日本南北朝时期的公卿、武将,著有《神皇正统记》一书,在日本享有很高的名望。

究，那简直就是对牛弹琴。"

在这期间，我还听说他写了一封《斩奸状》①，交给了时任预科主任、史学科教授田中萃一郎②博士。通过对他的进一步了解，我总算知道了这个人不是一盏省油的灯，而且是盏很不省油的灯。不久，O这个狂人就从学校里消失了。现在回想起来，他确实是与和木清三郎③同班，是比我高数年的前辈。他是我来三田后第一个与我谈话的人，也是第一个吓得我胆战心惊的学长。

我们"野猴班"的教室，位于坡道上端的尽头，在塾监局④与福泽府邸中间那栋楼的顶层。后来，福泽府邸与我们教室所在的这栋楼房，都在战火中付之一炬。如今，在那原本堆积着残砖烂瓦的地基上修建了四号馆。当时，从我们的教室一直往下走，也就是坡道最下边的洼地上，是与福泽谕吉关系很铁的松山栋庵办的"松山医院"。从我们教室的窗户望出去，能够清楚地看到松山医院的后院。每当护士们拿着洗涤物出来晾晒时，"野猴班"的"野猴"们就会在二楼教室的窗口向她们招手。而那些女护士们也会扬起白嫩的手臂，向"野猴"这边挥舞致意。即便是上课时间，大家也顾不上听老师讲课，都聚集到东边的窗口，与医院后院里的护士们闹着玩。

那个狂人O所说的"这个学校也没个像样的老师"这句话，实

---

① 《斩奸状》：日本的一种文书，即以文章的形式列举种种罪名，要求上司驱逐自己不喜欢的同僚。亦称《除恶状》。

② 田中萃一郎（1873—1923）：毕业于庆应义塾大学文学科，后任该校教授，为该校史学科的创始人。

③ 和木清三郎（1896—1970）：日本大正至昭和时代的编辑。在改造社工作，担任昭和三年至十九年《三田文学》的编辑工作。战后创刊了《新文明》杂志。

④ 塾监局：日本庆应义塾大学处理塾务的总部，承担着管理学校的职能。

际上只是他自己悲情的一种发泄。千万别以为这里的老师会得过且过，把课程糊弄过去。

当时，负责我们这个留级生占了半数的"野猴班"的老师，是英语老师户川秋骨先生。那时，秋骨老师的性格与他的名字十分相符，是位特别严厉的老师。上课的时候，手里必定拿着"阎魔簿"①，每次都要点名叫学生起来译读课文。要是遇到回答不上来的学生，下次课还接着提问他们。假如发现有人偷懒，他的眉宇之间就会露出很恼火的神色。拿铅笔的手一边颤抖着，一边在"阎魔簿"上打上"不合格"的符号。后来，我与秋骨关系逐渐密切，感觉到他并非不通情理之人，他所给予我的种种关怀，令我终生难忘。当然，当时我们对秋骨先生的确是怀着敬畏之心。

晚年的秋骨，性格方面变得温和了许多。例如，在他的课堂上，学生们也有了一种如沐春风的感觉。想必后来日吉校区②的预科生们，根本想象不到三田预科时期的秋骨是怎样严厉地管束学生的。

那时，我们对秋骨通过《文学界》③，与樋口一叶、岛崎藤村、马场孤蝶等作家交往的故事特别感兴趣，可也许是出于保持威严的需要，他从来没有在教室里跟我们提起过这类话题。

秋骨备课非常认真，总是不知疲倦地查阅词典，一字一句地翻译霍森、史蒂文森的作品。秋骨还是个急性子。在学校门口等电车时，车一到，他总是迅速地跳上去。要是遇上不讲理的售票员，

---

① "阎魔簿"：指学生的记分簿。
② 日吉校区：日本庆应义塾大学的六大校区之一，位于神奈川县横滨市。
③ 《文学界》：日本文艺期刊名称。

他也会像在教室里一样，大声地斥责人家……听到他的这些日常表现，我们就更加觉得秋骨恐怖了。

我与秋骨先生之间的私人交往，是在我从下谷三崎町的疮守稻荷神社那边搬到大久保百人町之后开始的。当时，秋骨住在西大久保的小泉八云的老宅里，他的院子里有一片竹林。

我搬到大久保之后，在上学、放学的途中，开始与秋骨有了私人接触，并也因此有了前往小泉八云的住宅拜访秋骨老师的机会。

自那之后，一直到昭和十五年（1940）秋骨辞世，承蒙他将我引为知己，我一次也没有受到他的批评或指责。回想当年在三田的教室里，印在我脑海里的，依然是他那张秋霜般严厉的面孔。

预科毕业即将升入学部①之际，大伙儿都去请教秋骨先生，问将来该选择什么样的专业。有人问他：将来选择英国文学专业好不好？虽然我们与秋骨先生相处这么久，可除了上课之外，随便闲聊也就那么一次。秋骨笑着道："不，你们还是不要选英国文学专业的好。诸位都喜欢夸夸其谈，可英国文学是不尚空谈的学问。"听他这么一说，大伙全都笑出声来。他又接着说道："你们不懂得英国文学的妙处，所以，还是不要选的好。"这也许是他的风趣与幽默吧。

通过一番交流，大家觉得，在某种意义上来讲，秋骨是位"不靠谱"的先生。与之相反，小岛政二郎是公认的"靠谱先生"。年轻的时候，小岛政二郎就倾注全力提携后进。为了文学这片园地将来能够鲜花满园，他竭尽全力将文学的种子播撒进每一个学子的心田。对于我们这样一个乱哄哄的"野猴班"，他更是倾注了满腔的热

---

① 学部：日本称大学本科为学部。

忧。他的课程讲的虽然是《大镜》①《源氏物语》《堤中纳言物语》②等古典文学作品，可在课堂上，他始终将这些课程与现代文学联系起来，娓娓道来，可谓妙趣横生。

小岛政二郎先生是下谷一家历史悠久的绸缎庄老板的儿子。由于家庭的关系，他特别注重自己的衣着打扮。只要在课堂上讲课，他都会身穿潇洒的和服，从来没有马虎过。他每次站到讲台上，必定会从衣袋里取出一张"小菊"牌手纸，"哼、哼"两下，擤出鼻涕，再熟练地将这张手纸揉成一团，塞进和服的袖兜里。我们这些对什么都感到好奇的学生，凝神屏息地注视着他这一系列动作，觉得好玩极了。接着，再打一个声音很响的喷嚏，讲课也就开始了。从他身上，我们仿佛看到了自荷风之后再也见不到的活生生的"江户趣味"。当时的政二郎，正是以他的举止做派，向我们传授真正的"江户文学精神"，我们能感受到他在拯救即将消失的"江户精神"方面所做的种种努力。政二郎先生站在讲台上的那种苦恼的样子，其实也是充满着情趣的。他在讲授"谈林"③"蕉风"④和晶子⑤、吉井勇⑥和齐藤茂吉⑦的同时，也向我们介绍巴尔扎克等作家的作品。夜里他读到了自己感动的作品，第二天，必定会趁着"感动"

---

① 《大镜》：日本平安时代后期的一部纪传体史书。
② 《堤中纳言物语》：日本短篇小说集，总计十篇及一篇未完成的小说，编者与作者均不详。
③ "谈林"：日本江户时代的俳谐流派以及它的俳风。
④ "蕉风"：指日本俳句诗人松尾芭蕉（1644—1694）以及他的门派的俳风。
⑤ 晶子：即日本著名作家与谢野晶子（1878—1942）的笔名。
⑥ 吉井勇（1886—1960）：日本大正至昭和时期歌人、脚本作家。
⑦ 齐藤茂吉（1882—1953）：近代日本短歌的奠基人。

还没有消失，在课堂上转述给我们。我们能够真切地感受到他内心的那种勃勃生机，以及他身上那种严谨的治学精神。他的阅读并不只是他一个人的享受，他乐意将自己的所有见闻不做任何修饰地与学生们分享。

"昨天夜里，我看到一个醉汉躺在路边上。跑来一条狗，'啪嗒啪嗒'地舔醉汉的嘴巴。那个醉汉摆了摆手，说：'得了，得了！魔芋我已经吃够了。'我看着醉汉的丑态，笑得直不起腰来。"

有时候，他开始讲课之前，还会给我们说一些类似的笑话。听着他讲这些小故事，我们都觉得挺有趣。果然，没过多久，他就把这些题材写进小说里发表了。

就像读书有了心得一定要与学生们分享一样，他生活中发生的有趣的事情，也总是及时地告诉大家，这让大伙感到很亲切。这也是他发自内心的兴趣使然吧。

日本文学课也包括了写作的课程。不过，写作文的时候，都是学校先出告示。全校的预科生们都得写，并且按照规定日期交给教务课。过了很长一段时间，不知经过谁的批改，打了分数之后，就返还给学生。作文一般都是由预科主任出题，差不多就是友情、正义之类有关道德方面的题目。当作文返还给学生时，上面有许多红笔的批改。批改这么多的作文，一定是件很辛苦的事情。我们总是聚在一起议论，打听是谁给我们批改的作文。后来总算弄明白了，文科生们的作文是由久保田万太郎先生批改的。

就这样，第一个学期过去了。第二个学期文科生写作文时，就不再使用全校统一的命题了。而是按照学校规定的时间，每两周一次，由任课老师在教室里当场出题。作文的题目都是由久保田万太郎先生负责出的。

　　过去，我们只知道名作《末枯》①的作者叫久保田万太郎。由于作文课的关系，我们竟然有机会在教室里见到他本人了。万太郎身着和服，匆匆走上讲台，用细瘦的字体在黑板上写下作文题目。不愧为名家，他的作文题目与第一学期的就大不相同，例如，有篇作文的题目是"你为什么要选择三田的文科专业"。正当我们庆幸这个题目好写时，万太郎先生突然又出了一篇"帽子"的命题作文。这种题目的作文，写起来可是够伤脑筋的。但不管作文题目出得有多难，都必须在一个小时之内写完，当堂上交。我在构思作文的间隙，窥视了讲台一眼。只见万太郎先生端坐在椅子上，一只手使劲捏着鼻子，脸上露出不快的神色。过了一会儿，他站起身来，沿着我们的课桌巡视了一周，开始分发我们上次的作文。下课后，我们相互交换着看了经过批改的作文，发现他在每个人的作文上都写了评语。现在回想起来，他真是个很负责任的老师。

　　记得我们班上有个男生 K，是个老留级生，也是个糊弄老师的高手。写作文时，不管老师出什么题目，他都一律用淫猥词语来应付老师，让历任老师哭笑不得。

　　学校是很头疼这种混账学生的。可久保田万太郎有办法治理他。久保田万太郎老师不像其他老师那样一味地训斥与惩罚，而是统统给他打及格的成绩。这样一来，以戏弄老师著称的 K 的脸上倒是有些挂不住了，心里也就特别感激老师。后来，他在写作文的时候，

---

① 《末枯》：日本著名作家久保田万太郎写的短篇小说。1917 年发表于《新小说》杂志。

就再也不用淫猥词语了。

当然，我们班上也不都是像 K 那样的混账学生，也有诸如青柳瑞穗、藏原伸二郎那样在作文课上总是受到万太郎表扬的学生。他们从那时起，就展露出了"文学青年"的锋芒。比我们高一年级的学生当中，还有友松圆谛、吉田小五郎、加宫贵一、北村小松等。不过，这些高年级的学生可能没有直接上过万太郎的作文课。我记得，万太郎上作文课是从我们这个班级开始的。

在这些同学当中，我与青柳瑞穗和藏原伸二郎之间的关系最好。青柳家与我家离得也很近，我们差不多每天都见面。藏原在壁柜的角落里发现了一个洋葱头，看着它发芽时那种青白、病态的样子，特别开心，说是发现了荻原朔太郎①诗情的象征。每逢此时，要是别人不"是啊、是啊"地应和，他就会很不高兴。所以，我也就学会了奉承。说实话，从我的内心来说，与其说是喜欢他所钟爱的那个洋葱头，倒不如说更喜欢他的一个妹妹。

我们三个人，胸前系着波希米亚风格的领带，意气风发地阔步行进在东京的大街上。我们也都陆续开始给《三田文学》杂志写稿子了。那时，我们脑子里每天想着的，全是一些与文学有关的词句。

考取大学之后，我选的是东洋文学专业。当时，学校的纯文学专业只有三种，除"英国文学"之外，就是"一般泰西文学"与"东洋文学"了。为什么"英国文学"没有包含在"一般泰西文学"当中，这件事情我至今也没有弄明白。感觉上，这个"一般泰

---

① 荻原朔太郎（1886—1942）：日本诗人，大正时期致力于近代诗的创作，有"日本近代诗之父"的美誉。

西文学"，就是德国与法国文学的代名词似的。这种概念不清的分类，与现今的严谨学风实在是不能同日而语。学生们就只好在这样含混不清的分类中，尽量多地选择自己的课时。所以，学校的共同课就开得非常多。学生们就得从"东洋文学""英国文学"以及"一般泰西文学"中多选一些课目。我以为，从某种意义上来说，这种含混不清且宽泛的课目设置，促使学生们接触更多的知识，也许倒是件好事。

谁知，我上的那个"东洋文学"专业总共只有三个学生。我算一个，一个是来自松山的大款的儿子，还有一个就是从经济系预科转过来的石坂洋次郎①。不过，另外还有共同课。上共同课的时候，大约有五六个人，但更多的时候还是只有我们三个人在一起。

到了冬天，石坂会身穿大衣、戴着黑色的礼帽来上学。我还记得，他的大衣上配了一条天鹅绒的领子。石坂已经结婚了，在大森的北村小松附近租了一处简陋的住房。上课时，他特别认真，笔记做得比谁都仔细。我不太擅长做笔记，反正考试之前再借石坂的笔记来抄也不晚。不过，他的笔记的字写得十分难认。光是认他笔记本上的字，就让人伤透了脑筋。

可没办法，要是没有课堂笔记的话，考试不就抓瞎了？所以，对于我来说，他的课堂笔记就像是救命的稻草。石坂很好说话，跟他借笔记一点儿都不难，而且借几本都行。如同救火一样，每逢考试，都是他来救我的急。

到今年，我做教师也已经二十七个年头了。还记得，当时在读

---

① 石坂洋次郎（1900—1986）：日本小说家。毕业于庆应义塾大学国文专业。

研究生的时候，有个名叫矢野目源一的学生，总喜欢在红色的俄式衬衫①的胸前佩戴一朵白颜色的玫瑰花。他是个秃顶，每当遭人嘲笑时，就会携一卷《魔法史》，口吐狂言道："在我的脑袋里，希腊的明朗、中世纪的阴暗与波德莱尔②的怪异，形成了巨大的漩涡。"如今，与他一样，我也是脑袋上没毛、心里没底啊。若是将我这二十七年的教职生涯做一个划分的话，我以为，可以分为前十三年半与后十三年半。在前十三年半，我的那些学生也都戴上了老花镜，例如北岛武夫、南川润、川崎善弥、泽村三木男、鹫尾洋三等，虽然他们可能还觉得自己很年轻，但实际已经不年轻了。现在，这些绅士们可谓功成名就，今后他们将继续自己的人生道路，一步步向终点站幸福地迈进。再看我后十三年半教过的那些学生，他们现在大多是各自领域的中坚力量，例如堀田善卫、柴田錬三郎、加藤道夫、芥川比吕志等。而且，毫无疑问，他们的前途是与三田将来的文运紧密相连的。

三田拒绝"虚夸"。也许这是学校一直传承下来的一种办学精神吧。就说庆应义塾大学的校徽——"笔校徽"③吧，那还是在明治十八九年的时候，由一些学生设计，经过福泽批准，一直沿用至今。其实，这个校徽并没有什么"文"比"武"重要之类的含意。这些话我是听当年校徽方案的发起人之一——现任圣弗朗西斯科日

---

① 俄式衬衫：指腰间系带子的衬衫。
② 波德莱尔（1821—1867）：19世纪法国最著名的现代派诗人，象征派诗歌先驱，代表作包括诗集《恶之花》及散文诗集《巴黎的忧郁》。
③ "笔校徽"：指日本庆应义塾大学的校徽。校徽是由两支斜着交叉在一起的笔组成，极其简洁。可以看作是庆应义塾校风的象征。

侨协会会长的九十五岁的塚本松之助说的。还有"三色旗"①的来历，也颇能体现三田的风格。

过去，学校在举行庆典的时候都使用红白两色的幛幔，可大家发现白色的部分很容易弄脏，所以就去掉了白色，换成了蓝色。后来，大家一商量：就用这个做校旗不是也挺好的吗？于是，就有了现在的"三色校旗"。

庆应义塾大学的"笔校徽"是根据学生们的创意而确定的，可学校却一直没有设计学生制服与制帽。这说来也有些奇怪。也许你会说，大家在学生时代不是都穿着校服、戴着校帽吗？原来，那是在昭和十七年以前，小泉信三②当塾长的时候，西服店、帽子店制作了校服、校帽，学校也就选用了这些产品。这是受了战争的影响，有些事情就那么容易地定下来了。无论世道多么混乱，采用最简单的方式，踏实做事，也可以算是三田的一种精神吧。

___

① "三色旗"：人们把日本庆应义塾的校旗（通称"塾旗"）称为"三色旗"。但实际上只用了蓝与红两种色彩拼成三块而成的。
② 小泉信三（1888—1966）：日本经济学家，经济学博士。

夜路

　　清冷的雾气将大地笼罩得严严实实，大树与房屋都消失在一片迷茫之中。

　　"别感冒啦！"

　　母亲说着，把自己的披肩围到了我的脖子上。那是母亲一直戴着的披肩，还带着她的体温，一股暖流迅速温暖了我的脖颈。

　　这件事发生在秋末冬初的一个夜晚。时间虽然已经过去了几十年，但今天回想起来，依然是那么清晰。

　　我的出生地麹街，每到夜晚，四处一片寂静。古老的旗本住宅鳞次栉比，从那些古宅的围墙上探出头来的古树的枝杈，就像是躲藏在墙后的树怪，令人有种不寒而栗的感觉。

　　我陪着母亲走过许许多多这样的夜路。

　　"这里过去是一片梧桐树林，是餐具店的遗址。"

　　母亲轻声轻语地对我说道。平时大伙儿所说的"梧桐树林"，实际上就是一片空地。以前好像是长过梧桐树，而且，在栽种梧桐树之前，那一带好像是大名住宅区。而所谓的"餐具店的遗址"，指的是很久以前，这里曾经有过一家做餐具生意的店铺。

我"呸"的一声，朝手心里吐了口唾沫，又紧紧地拉着母亲的手，屏住呼吸，快步走过梧桐树林边上的小道。母亲也与我一样，有些慌张地迈着大步往前走。

去赤坂也好，去四谷也罢，都必须经过沟渠边上那条空旷的小道。寒冬的夜晚，这条小道总是弥漫着浓浓的雾气。我之所以总会在夜间走那条道，主要是经常去参加赤坂、四谷一带的"缘日"祭祀活动。离开热闹非凡、食物飘香的祭祀现场，一下子走进这条空旷寂静的小路，心里就特别恐惧，感觉母亲就是自己的救命稻草。

年轻的母亲也喜欢凑"缘日"祭祀的热闹，也可能是借着领我去玩的名义，自己也出去散散心吧。

母亲虽然喜欢去祭祀活动，可每次带着我去的时候，都不会给我买露天摊点上的糖球、棉花糖、生姜板等食品，这让我很失望。

"露天摊点上的食品净是尘土，不卫生，不能吃啊。"

母亲嘴里这么说着，就领着我从那些摊点旁边走过去了。不过，要是经过同是露天摊点的酸浆①摊点前面的时候，她就会停下脚步，买一些给我解馋。

"你看啊，酸浆果这种东西就很干净吧！这才像是吃的东西，不脏。"

母亲一边这么说道，一边拿着买来的酸浆果，就近找个水龙头

---

① 酸浆：一种茄科植物，果实称为酸浆果，可供食用，香味浓郁，营养丰富。

冲洗起来。

接着，母亲就用竹签子仔细地挑出酸浆果里面的黑色东西。此时，她的脸上总是洋溢着特别快乐的神情。

"哎，你瞧，黑东西挑出来啦！我再去洗一洗。"

总之，陪母亲去参加祭祀活动，她给我买的也就是酸浆果这么一种食品。为这事，我心里总像结着个疙瘩，解不开。但是，我依旧十分怀念祭祀活动给我带来的快乐，始终怀念与母亲一起走过的往昔东京的那条寂静空旷的夜路。

《黄瀛诗集》跋

　　黄瀛君是我特别想念的一个好朋友。自从分别后，我总是在心里惦念着他。在这期间，我曾经四次去中国，可是每次都为当时的情势所限，始终没有等到与他畅叙阔别之情的机会。这令我深感遗憾。我在中国期间，大多寄居在北平，就像一条丧家之犬，每天都在古都的大小胡同里来回地溜达。似乎唯有那片蓝天之下的清新空气，才能滋养我的生命。每当此时，我的脑海里就会浮现出黄君的身影。但那并非是他威武的军人形象，而是一个年轻诗人的模样。就是那位端坐在从阿佐开往御茶水站的小火车窗口，浑身沐浴在晨曦中的年轻诗人；就是那位夜深人静之时，还盘桓在我的书斋中，用略带结巴的语调，向我描述松蕊是一幅怎样美景的浪漫诗人；就是那位隐现在黄昏的暮色中，精神十足地游荡在银座繁华街头的青春诗人。

　　我感觉到了剃头匠手中的镊子在我耳边发出的沉闷声响。而当这种声响与微微的震颤一起消失在秋风中的时候，我的心里是多么思念阔别已久的朋友啊。这是我身处燕地、徘徊于大街小巷里的时候，常常能够体验到的恋恋难舍的心境。生我养我的故乡东京，或是某位朋友的影子，不知何时，会突然出现在我的眼前。而这种感伤的情绪，就如同大自然中春蚕吐出的情丝，温柔地将我的灵魂包裹起来。如今，我虽然与黄君同在中国的土地上，却无缘相见。这种令人难以理解的境地，却是可以感悟命运、审视人生的。我曾经逞少年之勇，读过但丁的诗。自以为读懂了，还讲给别人听。现在回想起来，真是惭愧至极。不过，要说我与但丁还有一些缘分的话，那就是后来我特别喜欢遨游他的王国，以至养成了一个能够感知远方事物的痼癖。诚如帕皮尼所言，但丁是个喜欢隐居在自己的世界里的人，而他所描绘的，正是他自己的"影子王国"。黄君亦是如此。虽说现在常住北京，可我们已经十多年没有见面了。面对如此景况，我不由得想起唐代诗人杜甫慨叹的诗句："人生不相见，动如参与商。"我是多么想知道，这十多年间，黄君有了哪些长进？作为一个军人，人生阅历的不断丰富，又会在多大程度上促进他诗人素质的提升呢？

想必，在这兵马倥偬的岁月里，已不可能再允许他用异国的语言创作诗歌了吧？作为他个人来说，大概也不会再有当初那种悠然的心境了吧？然而，人们通过他那支生花的妙笔所感受到的他的睿智，必定已经淬炼成了光彩熠熠的紫金。年轻时候，即便外部环境再繁杂、再鄙俗，凭着他诗人特有的敏锐，都会很快做出愉快的选择，能够弹奏出欢快嘹亮的乐曲。所以，无论是怎样不协调的杂音，只要一经他做出选择，就会马上变得舒缓而又流畅。我们不得不说，

187

这样美妙的感觉，在诗歌创作史上亦是十分难得的。

从他那熟练驾驭内心感觉的敏锐中，我们能够体察到他的聪慧与灵性，感受到他诗意的睿智与纯情。

我曾经妄言过黄君的诗作，认为倘若他生活在中国的明代或者清代，必定是个深受读者欢迎的咏物诗人。那是因为，咏物诗这样的艺术形式，可以通过对感觉的多彩的表达，直接窥见诗人的睿智。而黄君恰好就是具备这种潜质的诗人。然而，实际上，咏物诗人中，像黄君这样的可谓少之又少。那是因为，自古以来，咏物诗人作诗几乎完全是凭感觉，很少有人能够超越感觉。若是谁有了黄君那般睿智，那么，他便可以称明清两朝的"第一人"了。但我这样说，没准还会给他添大麻烦呢。我想，他一定会略带口吃地抗辩道："我不过是胡乱写了几首诗而已。"我们已经无须去听那些预料之中的争辩了，只要尽情地去吟诵他的诗篇，倾心领会他的睿智就可以了。

说起来还是陈年旧事，黄君是教我学唱旋律美妙的疍（dàn）户①民歌的第一个老师。我还记得，黄君曾经用日语翻译过两三首疍户民歌。也是由于他的启蒙，我得以较早地关注疍歌。这也使得我在北平的古旧书店转悠的时候，总忘不了将那些稀有的杂著一概收入囊中。并且由此起步，我的兴趣逐渐扩展到山歌、秧歌……这些知识的积累，无疑对我后来的戏剧研究起到了重要的作用。这些成就当然都要归功于当初黄君教我学唱那美妙的疍歌。说来惭愧，

① 疍户：又称疍民、疍家人，曾是中国福建闽江中下游及福州沿海一带的特殊人群，他们以船为家，随河而徙，四处漂泊且善唱民歌，因此被称为"水上吉普赛人"。

我当时担任黄君的中国文学课的老师①，对于葛兰言②、马伯乐③等人的作品还一知半解，却总想着要给《诗经》的一些篇章作别出心裁的注释。也许是力不从心的缘故，常常焦躁不安。而就在此时，黄君特意跑到我的寓所，教我学唱那美妙的茞歌。这对于我来说，是多么求之不得的事情啊。我想，这或许是黄君出于对我焦躁心绪的一种怜悯，而做出的表示吧。现在要是再说这些事情，也许他已经淡忘了。这都没有关系了，说到底，当时我向黄君学到了很多有用的东西。他就是那么一个人，平时虽然不怎么喜欢张扬，却很热心肠，并且具有乐善好施的美德。他那些善良的举动，当时可能不易察觉，但事后想起来，会不由得被他的真情深深感动。

离别之后，我常常收到黄君的书信，他是个勤于笔耕的人。可是，自从断了联系之后，我的心里倍感寂寞凄惶。这不仅仅是我一个人的感觉，他的朋友们也都有同感。我曾经在他的来信中看到西方天际玫瑰色的云霓，也曾经听到他南京家中庭院里盛开的美人蕉在夏雨中的沉吟。就像这些云霓、这些雨声，无法从我的记忆里逝去一样，他的那些信笺，如同无与伦比的诗章，留给我永久而又鲜明的记忆。我难以分辨他的诗与他的信件有什么不同。因为这两者具有一个共同的特点，那就是，它们都如同轻拂过杂草花穗的微风般轻柔，都充满着向往光明的殷切祈祷。别后的黄君，无论他变得多么威武，但我坚信，充溢在他诗中的那种美妙的情致，那种动人

---

① 奥野信太郎时任庆应义塾大学文化学院教师，黄瀛是该校学生。

② 葛兰言（1884—1940）：法国汉学家，主要研究领域为古代中国。他是法国第一位将社会学方法应用于古代中国研究的学者。

③ 马伯乐（1883—1945）：法国语言学家、汉学家。

心弦的意境，是永远不会变的。抱定这样坚定的信念，我就愈加想读到他的近作，愈加想持续不断地读到他的书信。不，更重要的还是期待能够尽快见到他，好一诉十余年来的离愁别绪。我是个愚笨迟缓的人，原本也未必适合做他聊天的对象，但是，这并不妨碍他时常在我面前兴致高昂地长篇阔论。也许，现在我沉湎于往昔彼此之间的那种温情之中，有些不合时宜，但我始终相信我们的深厚友情，或者说是愿意相信我们之间的深厚友情。说到这里，我未免有些怜悯起自己这愚笨迟缓的秉性。

作为一个深谙日语的中国诗人，黄瀛理应深受中国诗坛文人们的尊敬。这也并不影响我对他的敬仰之情。黄瀛就是黄瀛，他的诗，无论用汉语写也好，用日语写也罢，都是耐人寻味的。黄瀛是以日语创作的诗歌步入诗坛的，这样的机缘，在我们日本人看来，就更有一种难以言说的亲近感。因此，容我坦诚地说，在目前的情势下，对黄君诗歌的鉴赏与评论，也许在日本进行是最为恰当的。

我身在北平之时，就一直有那么一个梦想。北平，对于黄君来说，虽然是他的故乡，但他也像是一个从远方归来的游子。而我是个日本人，自然也是客居他乡的游子。我们这两个"游子"，若能邂逅在古都的某个地方，悠然地作半夕或者一日的叙谈，这至少对于我来说，是一种无比快乐的享受。我曾经将这个时刻设想在某个柳絮纷扬的春日，或是某个清风拂面的秋夜。我确信，北平具有神奇的魅力，她一定能够帮助我实现这个童话般的梦想。所以，我至今还没有放弃自己的这个梦想。我多么想在北平的某个古老而静谧的地方，再见一次黄君，畅叙那些遥远而又久远的东京往事与朋友之间的陈年旧事。

读书

世上有许多书籍都是介绍如何读书的，就像许多书籍是介绍学习方法、语法的一样。无论在什么时代，都少不了这样的书籍。

已经去世十多年的户川秋骨老爷子，是位风趣幽默的老先生。记得他曾经对我说过，他以前写过一块"拒绝强行推销"的牌子挂在门口，可等到"强行推销"的人真的上门来了，他看着那些推销的东西挺好玩的，也就买下了。如果说，心里对那些书籍不信任，可又忍不住买来一读的话，岂不是与挂了"拒绝强行推销"的牌子而又买了"强行推销"的商品很相似？不过，对于普通人来说，也可能不会像秋骨老那样，因为感到好玩就买来读吧？我想，买这些书来读的人，一定以为书中写满了读书的"至尊宝典"，可以帮助自己将原本要花一周读的书，缩短到一天时间就读完。原本那些难题重重的书籍，通过学习书上介绍的"读书方法"，就能一读到底，没有丝毫的障碍。我以为，这些人的想法，大概就与那些被忍术①或者魔术吸引的人大同小异。

可是，世上真的存在"读书方法"这种灵丹妙药吗？我曾在书店里随手翻阅，发现这些书介绍的"读书方法"基本雷同。一般就是从"人生不能不读书""读书会有哪些方面的收获""爱弥尔·法盖②是如何如何谈读书的""艾默生③、朱熹、远藤隆吉④是怎么说读书的"开始讲，然后再告诉你，读书的时候，要准备一支红蓝铅笔，用来划重点，要准备一个读书笔记本，记录所读之书的内容梗概，每天至少要坚持记三十分钟的读书笔记；一定要养成良好的阅读习惯，读书不能仅仅是"读"，还要认真思考……如此这般写了一大堆，简直比祭祀节上敲打的锣鼓还热闹。并且，翻过几本"读书方法"之后，还会发现，那些说法都大同小异，也没什么读书的"灵丹妙药"啊。我想，这大概与光读语法书是不能提高作文的写作能力是同样的道理吧。也有的书上会这么说：心急吃不得热豆腐。这样做即使不能马上见效，坚持一两年，也会有效果的。对于这种说法，我也将信将疑。

所谓仙丹妙药般的"读书方法"本来就是不存在的。我以为，这就与魔术、料理、编织物一样，乍一看，以为其中有什么奥秘，但实际上完全是错觉。假如非得说有什么"读书方法"的话，除了

---

① 忍术：又称隐术，为日本古代武士道群体使用暗器和伏击的一种战术。忍术与中国武术、佛法有些渊源。

② 爱弥尔·法盖（1847—1916）：法国文学评论家、作家。

③ 艾默生（1803—1882）：美国思想家、哲学者、作家、诗人、随笔作家。

④ 远藤隆吉（1874—1946）：日本思想家、社会学家、教育家，文学博士。

各人去摸索适合自己的读书方法之外，再无他途。而且可以说，只有这才是最有效的方法。例如，要是说到早起读书好处多的话，不是也有人不到深夜定不下心来吗？要是说读书非得划重点的话，不是也有人手里拿着红蓝铅笔就会走神，影响阅读效果吗？我想说的是，"早读型"还是"夜读型"，"划重点型"还是"非划重点型"，那是要根据具体人的情况来确定的，并没有一定之规。

说到底，读书是件功德无量的事情，是贯穿人一生的事情。文学书、社科类的书、美术音乐方面的书，是直接与人们的精神文化相关联的；而医疗卫生书、烹调书、围棋象棋书，是与人们的生活、娱乐相关的。读完之后，哪怕立刻折价卖给旧书店也没什么可惜的，包括那些纯粹用来打发时间的廉价书。总之，那些书也就是翻翻看看，浏览一下而已。专捡那些冷僻难解的书去读的人，实际上是很愚蠢的。但世上这样的人却比比皆是，真是匪夷所思。他们好像有一个共同的心理，就是觉得阅读那些艰涩难懂的书，有成就感，有一种安心的感觉。大概是担心自己一天到晚总是读那些浅显的书籍，会变得平庸无为吧。的确，书籍千万种，即使是相同类别的书，有的艰深难懂，有的浅显易读。根据自己的能力，读适合自己的书，才是最明智的选择。当然，可以在阅读的过程中逐步调节，不断提高阅读的难度。日积月累，也就不愁自己不会进步了。

当年，我在中国留学的时候，曾经收到过小泉信三先生指导我读书的信件。他写道：你现在在国外留学，要尽量多读一些"无用"的书。

这是先生过于信赖我。他估计我在国外留学，"有用"的书是必定会读的，所以，这才提醒我要多读一些"无用"的书。其实，说来惭愧，我这个人，向来就是喜欢"无用"的书远胜于"有用"的书的。当初接到先生这封信的时候，我不免有一种无地自容的感觉。的确，对于我这样的人来说，应该要求我多读一些"有用"的书才是。可我总觉得，读"无用"的书，是多么有滋有味，是多么令人神清气爽。好像先生后来在他的"读书论"中也提到过：读"无用"的书，才算得上是"真"读书。如果人们都只读"有用"的书，世上就不会再有读书这件事了。例如，研究法律的人只读法律书，医生只读医学书的话，读书就完全变成了一件实用的事情，岂不是远离了读书的乐趣？你别说，若能将"有用"的书读得如同"无用"的书那么津津有味，那才能称得上是"真读书"。快乐在读书中，沉溺在读书中，陶醉在读书中，那才算得上是人世间至高的境界吧。在读"无用"的书这方面，我是绝不落后于他人的，但读"有用"的书，就远远没有读"无用"的书那么精神头十足了。虽然我也总希望自己能够达到那样的一种境界，却怎么也做不到。

那天晚上，我在巷子里的居酒屋喝酒，遇见了十多年前的一个学生。他早就工作了，现在在某个公司任要职。学生时代，他就是个特别爱读书的学生。听他说，尽管现在公司特别忙，他还是没有忘记读书，并且，他的读书也与工作没有多少关系。他所读的这些书，大概就可以归结到"无用"之列吧。似他这般能够专心致志地读"无用"的书，实在令人羡慕。他告诉我，当年在学校，自己并不喜欢读书，后来爱上了读书，完全是老师教诲的结果。我听他这么一说，感觉很突然，一时竟不知如何作答才好。

原来，学生时代，他抓到什么书就读什么书，全然不做选择。听人说，这样"泛读"不行，心里也很不安。有一次来问我："泛读真的不行吗？"他说当时我是这么回答的："泛读也比不读强啊！"听我这么一说，他就放心了。从此以后，他就始终坚持，一直"泛读"到了今天。

这件事情已经过去许多年了，我已经想不起具体的细节来了。听他这么一说，我倒觉得有些靠谱。你想，我本身就是有这种"泛读癖"的人。要是遇到有人来问这个问题，首先想到的大概就是如何为自己辩解吧。所以，就我当初那么一句不经意的话，竟然影响了一个青年人的一生，使他成了一个以读书为乐的人，这对于我来说是一件多么荣幸的事情，也是一件十分高兴的事情。

在这个世上，母亲夸自家的孩子，常说的一句话就是："我家孩子特别喜欢读书。只要一有空闲，肯定就抱着本书在读。"可是，妈妈从来也不知道自家孩子读的是不是跟学习有关的书。我以为，"学习"与"读书"是必须区分开来的两件事。不过，大多数人都认为，"学习"就是"读书"。我的意思是说，不太爱学习的人当中，也有许多喜欢读书的。而很爱学习的人当中，却很少有喜欢读书的。学者查阅文献资料，绝不能称之为"读书"。忙于研究工作是学者的本职，所以，在他们当中，不读书的人就比较多。前几年去世的长冈半太郎①博士，就是个将"工作"与"读书"分得很清楚的人。他在研究室工作，而读书则必定是在自家的书斋里。当他结束工作回家以后，就不再想工作的事情了，而是心情愉悦地品读19世纪英国的小说，或是杜子美的诗篇。他可以称得上学者当中难得的喜爱读

---

① 长冈半太郎（1865—1950）：日本著名物理学家，理学博士，东京帝国大学教授。他最重要的成就是提出了土星结构的原子模型。

书的人吧。长冈博士这样的人，实际上是把读书当成了一种休闲娱乐方式。既是学者，同时又是一个爱读书的人，必定是一个见识很广的人，否则，就很难做到兼而有之。如此说来，成不了学者的普通人反而能够获得更多自由读书的机会。

无论哪个国家，若是没有女性读者的支持，小说这类书是决计不会有好销路的。也就是说，大部分女性都是喜欢读小说的。要是你想知道女人们正在读什么书，那十有八九是小说。当然，也不是说女人就不读类似随笔、论文这样的书籍，不过一旦遇到这类女性，我会发出一声惊呼，感到十分惊讶。喜欢读小说也可以成为女性喜欢谈话的一个证据。在各类读物中，小说算是具有较高文学价值的书籍，而且是以对话见长的。要是不写对话的话，大概就不能称其为小说了。正是女人们喜欢说话的性情，成就了她们爱读小说的习惯吧。再者，她们读小说时的那种认真劲，远非男性可比，总是目不转睛地一行行快速浏览。但无论她们是竖着读还是横着读，都不会遗漏任何故事情节。她们都是令人敬佩的热心读者，具有在小说的海洋里畅游的资质。只读小说，其他文字一概不看，这样的情况，也可以算是"偏食"吧。就如同人吃东西一样，读书的人也免不了有"偏食"的情况。喜欢水果的人，自然就钟爱柿子、梨子、苹果之类的东西。喜欢读小说的人，沉迷其中，可能也是身不由己吧。我想说的是，只读小说的人，还是比什么都不读的人要强。偏食确实有害，可能导致营养失调，但未必会有性命之虞啊。

在这里，我对女士们只有一个期待，那就是，希望你们在热衷于小说的同时，把眼界放宽些，也读一读随笔、传记、纪行等文学作品。因为，随笔、传记、纪行等文章，有着与小说不一样的"谈话"方式。试一试，要是对这种"不一样的谈话"也感兴趣的话，岂不正合了你们喜欢谈话的心意？这样一来，你们旺盛的读书欲望就能够得到进一步的发挥，又能扩展自己的知识面。一个喜欢读书的母亲，所给予孩子的远不只是喜欢读书这一点。当然，据我的陋见，一个喜欢读书的母亲，她的孩子也喜欢读书的概率相较其他人要高得多。就这一点而言，女性爱读书，也可以说是育儿的一个重要环节，绝不可轻视。

就如同有些人每逢新片上映就要赶着去观看一样，有些人只要一有新书发行就会急着去买。但有的人不是这样，对于那些以前放映过的经典老电影，他们也愿意坐到电影院去慢慢欣赏，同理，读书的人也有喜欢去古旧书店淘旧书的。这完全取决于个人的喜好，有性急的人，也有性子慢的人，只要读着开心，什么时候读并不是问题。若能按照自己的喜好去读书，才是最好的。电影是供人看的，书籍是供人读的，只要去看了、去读了，目的也就达到了。

购书与卖书

　　"购书癖"也是一种毛病。每当看到新书告示，马上就会与书店联系，提交订单。拿到新书后的那几天，可谓手不释卷，不管去哪儿，都要把书带在身边。这样一来，人们就总是看到他怀里抱着新书，而读与不读，似乎并不重要。当然，也许会随手翻那么几页、几十页。大凡这样的人，与朋友们聚在一起时，必定要滔滔不绝地谈论书的事情。要说那是"绝活"吧，也确实是一种令人难以理解的绝活。有着这种癖好的人，一般来说，天性敏锐，就像狗一样，对书有着特别灵敏的嗅觉。所以，他们特别在意新刊图书的装帧、油墨的气味，以及纸张的手感之类。他们喜欢随身带着新书，虽然没有读几页，却也能把书的内容了解得八九不离十。他们虽然不能进入"读书人"的行列，但也算得上是热心的"买书人"吧，或者说是真正喜欢书的人。至少，对于书店来说，他们算是一批不错的顾客。

他们这些人提供的书籍信息，有时对我来说也是有用的。对于他们那些有关书籍的宏论，我一向是不怎么当真的。但有时听他们说得头头是道，我也会忍不住去买一本来翻翻。依据我的经验，这类人以年轻的杂志编辑居多。我常常从他们那里得到买书的指引，有一种受到他们恩惠的感觉。

"购书癖"的另一种情况就是喜欢逛旧书店。这就与"古玩癖""钓鱼癖""集邮癖"等有着共通之处。要是将抢购新刊图书比作是在商店买东西，那么，"淘旧书"就如同它的字面意思一样，指猫在旧货店里，仔仔细细搜寻自己所喜欢的东西吧。不过，"淘旧书"的人也可以分成两种类型，一种人专门跑到旧书店去买新刊书籍，图的是能够买到价钱便宜的新书，另一种人则是因为喜欢旧书，所以才去"淘"。从严格意义上讲，前一种人不能算是淘书，后者才算是正宗的淘书。那些合格的淘书者，他们一旦淘到自己的心爱之物，就会表现出一种特别的欣喜。就这一点而言，他们与具有"古玩癖"的人很相似。他们倾心于各种珍稀版本的书籍，就像"古玩癖"们猎取"古玩"那样，异常痴迷，而且喜欢的门类众多。与他们聊天时，就只有听他们炫耀自己猎奇的份。我觉得，与这些人打交道，全然没有与那些热衷购买新刊图书的年轻人们交流来得实惠，能够得到一些实用的信息。不过，那些"古书癖"们，有的最终堕落成了旧书投资商，就像投资房地产一样。我以为最令人痛恨、最令人瞧不起的就是这样的一些人了。可在这个世上，这样的人还真不少。

在我的印象中，那些知名的所谓"藏书家"，大多不是真正的"读书家"。这些"藏书家"偶尔也会写点文章，那也只是为了向世人炫耀，说自己的藏书是多么的丰富，以此吸引世人的眼球。这一点，无论中国还是日本，大致都是一样的。就说以前大阪的那个木村蒹葭堂[1]吧，那可是个世人皆知的富商兼藏书家。他有那么多藏书，但谁知道他读过其中的几十分之一呢？据说，利用蒹葭堂藏书更多的，倒是他的朋友上田秋成[2]——那些从中国舶来的小说类书籍，一旦收入蒹葭堂的书房，捷足先登的都是上田秋成。

我们说"藏书家"未必就是"读书家"，但"藏"与"读"之间的奇妙联系，却也别有情趣。有些藏书丰富的人，人品与声誉也会随之得到提升。这样的结果，大概得归功于书籍给予的灵气——是书籍影响了他们的品格。这么说也许有些神神叨叨，但我坚持认为，一旦藏书积攒到了一定的程度，就如同庭院里积满了青苔，站在那里，心中不免会有一种古寂萧瑟的神秘感。

要是去古都北京那些著名的古旧书铺看一看，如隆福寺的"文奎堂"、琉璃厂的"莱薰阁"，掌柜的会领您去看他们家的库藏。书库里摆放着许多小桌子，桌子上摆放着翻开的图书，那是从书架上取下来给顾客翻看的。我喜欢待在那里，边喝茶边随意翻看，消磨时光。每当沉浸在这样的氛围里，身心仿佛超越了尘世，遨游于神圣而又庄严的宇宙。若用中国人的说法，就是"书香"。当然，"书香"是那些书籍所散发出来的古旧气味，但更主要的恐怕还是在精神层面，指那些书籍散发出的具有灵性的光辉。

---

① 木村蒹葭堂（1736—1802）：日本江户时代著名的藏书家。

② 上田秋成（1734—1809）：日本江户时代后期的读本作者、歌人、茶人、国学家、俳句诗人，因怪诞小说《雨月物语》广为世人所知。

我认为书籍好比女子，也有"美人"与"丑妇"之分。例如，某人所藏的某个时代的珍稀版本，如同显贵绅士们所宠爱的名妓，可以称之为"美人版本"。自然，平民百姓也就无缘相见了。如果是那种大量印刷的普通版本的图书，大概就属于"丑妇版本"了。不过，就如同美人未必都怀善心，而丑妇也未必尽怀歹意一样，由于种种原因，"美人版本"不如"丑妇版本"的情况也比比皆是。说到这点，我自己心里未免也有些愧疚。我所藏的明代李贽批评本《西游记》，应该算是"美人版本"了。可说实话，我觉得亚东图书馆刊印的四册一套的"丑妇版本"的《西游记》，使用起来更加方便，错别字也少。像这样的"丑妇版本"，可以说超越了"美人版本"而受人宠爱。

我把书籍比作女子，还因为书籍所引发的喜怒哀乐，与男女之间的感情有着太多的相似之处。例如，某人对某本书特别喜欢，以至于日夜须臾不能离开，更不愿借给别人阅读。这样的感情，不正像热恋中的恋人们有的苦恼？所以，一旦拥有了自己日思夜想的书籍，就会兴奋不已，就会在很长一段时间里沉湎于喜悦的情绪之中。可是，随着最初的新鲜感逐渐退去，兴奋的心情也会慢慢地淡漠，就像走完恋爱进入结婚这样一个过程。

与购书相反的是卖书。虽然卖书的动机各有不同，但归结到一点就是为钱所迫。当然，他们在卖书的时候都会为自己辩解，说这些书我用不上了，云云。其实，这个理由是不存在的。因为，无论是什么样的书，拥有它并不会有什么损失。既然多藏书、多读书是件有百利而无一害的事情，那么，卖书也大多是由于人生际遇莫测，一时受到金钱困扰吧。一个藏书家的书被一批批卖掉，转而又落到别的藏书家手中。这些卖书所得，或者充了柴米油盐之乏，或者弥补了子女教育经费的不足，或者补缴了拖欠的税款……总之，都是救了一时的急难。说起来虽然令人心酸，却也都是迫不得已。主人遇上了这样的景况，书也免不了遭遇不测，就像那些为了亲兄弟的生计而心甘情愿沦落风尘的女子。

　　人一旦迫不得已将书籍换成金钱，面对空荡荡的书架，心里想着那些已经不知去向的书籍，失落的心情是可想而知的。内心悲痛，就像掌上明珠被人夺走了一样，哀怜之心油然而生；就像不得不与没有缘分的女子惜别，而惜别之后又是满腹的思念、满腔的悲愁一样。要是得知那些卖掉的书籍安放在真正爱书家的书架上，还像以前一样很安逸，心里也算是得到了一种安慰。一旦得知那些书籍被旧书商投放到了市场，不知将会落到什么人手里时，就像自己爱恋的女子流落风尘之中，别提有多么煎熬了。

　　卖出去的书籍，若是又一次被自己买了回来，决计舍不得再离手，会加倍疼爱、加倍珍惜。这就像与自己欲罢不能的女子阔别重逢，彼此的感情必定会比以前更加炽热、更加缠绵一样。无论是买还是卖，书籍就是如此这般与女子的命运相似。世上藏书的诸位，我祈求你们，在自己的有生之年，一定要好好珍惜与爱护这些温顺得如同女子一般的书籍。作为一个藏书家，一定要做一个有情有义的人。